我在冥府當心理諮商師

2

作者 雙慧 插畫 肚臍毛

目錄

【楔子】

我依稀記得……

「同學們，現在是自由活動時間，記得不要離開操場喔！」

「好！」三十幾個小學生興奮地回應完就成群散去，有些玩鬼抓人，有些拿了排球當足球踢，有些在玩老鷹抓小雞。都已經開學半年了，小學生有一些小團體是必然的。邱愛萍心裡偷偷鬆了一口氣，體育課就是他們這些可憐老師喘口氣的時間。顧一個小孩已經夠累了，更何況是一口氣顧三十個精力過剩的小朋友。

誰叫她喜歡小孩呢……但是顧了二十年的小孩……不免有些疲累，身體已經漸漸跟不上小朋友的旺盛體力和好奇心了。她緩緩地走到一旁的石椅，開闊的視野足以讓她監督小朋友的動向。

「佳芬，要不要一起玩躲貓貓？」

「好啊！」佳芬一蹦一跳奔向邀請她的小團體。每次看到國小一年級的孩子在空曠的操場玩捉迷藏，她都會覺得小孩果然很天真。

一番猜拳後，留下佳芬當鬼，其他人在她摀著眼睛數秒的時候跑去躲起來了。

因為是近十個七歲小孩子玩捉迷藏，她特別關注這一群孩子，免得躲一躲學生失蹤了，她也難跟家長交代。

「九十九、一百！我來找你們了喔！」

佳芬找得很快，幾乎是頭一扭就直接往玩伴躲著的地方找去，一點遲疑或搜尋的動作也沒有。

也許是小孩子躲得太明顯吧？就好像她坐在操場邊，舉目望去就看見好幾個孩子一起蹲在大樹後面，似乎以為這樣就不會被找到了。

佳芬很快就找到了所有人，所以這次換另外一個同學當鬼。她的注意力則被另一群踢足球的學生吸引過去。

接近下課時分，有個男孩慌張地跑向她，「老師，佳芬不見了！」

「我們都找不到她！」其他孩子附和道。

「找不到？」邱愛萍不可思議地說，她後來明明有看見佳芬躲在最大棵的榕樹下……人呢？

邱愛萍頭頂直冒冷汗，小孩子不見就糟糕了！她急忙帶著一群小朋友扯著嗓子喊。

「佳芬！佳芬！」

「佳芬，快出來啊！妳贏了！」

「佳芬妳在哪裡——」

「我在這裡！」

聽見佳芬的應答總算是讓邱愛萍安下了心，但是那稚嫩的聲音……似乎是從頭上傳來的？

她抬頭，馬上就在粗壯的樹幹上找到失蹤的女孩，女孩正開心地晃著離地兩公尺的小腳。

「佳芬，妳是怎麼上去的？」一個七歲小女孩自己爬樹還爬得這麼高，實在太令人驚奇。二十年任教經驗的她第一時間忍不住問出這個問題。她搖了搖頭，連忙恢復鎮定，以孩子的安全為優先，「妳坐在上面不要動！我馬上找人把妳弄下來。」

十五分鐘後，一群男老師加學校工友搬來了梯子和椅子，總算是把佳芬從樹上救了下來。

「妳是怎麼上去的？」邱愛萍在佳芬下來的時候馬上問。佳芬是班裡最矮小的學生，要她爬上那棵老榕樹太困難了吧。

「有朋友幫我上去的！」

「是誰幫佳芬爬樹的，快說！」一定要把那個幫手抓出來，爬樹什麼的還是太危險了！這次不就幸好佳芬沒有受傷，摔下來那還得了？邱愛萍雙手插腰，帶點怒氣地語氣質問一眾小毛頭。但是都沒有同學願意承認。

「佳芬，是誰幫妳上去的？」

「我不能說！」意外的，佳芬堅定地答道：「我不會說的！我不會出賣我的朋友！」

她不死心再問了幾次，佳芬的嘴巴還是閉得緊緊的，一個字也不願意透露。

原本她以為這件事情就這樣結束了，結果一個月後的某一天……

「老師，我的錢包不見了！」邱愛萍一進到教室，怡婷就淚眼汪汪地向她報告。這種事情她當了二十年的小學老師，遇到的次數還算少嗎？班上又有好幾個頑皮的小男生，她馬上就先鎖定嫌疑犯，誰知道她反覆問了好幾次還是沒有得到答案。一個個翻遍了班上學生的書包，也找不到怡婷的錢包。

「怎麼辦……裡面有班費……」這下子怡婷都著急得哭出來了，「媽媽會用藤條打我的……」

邱愛萍馬上柔聲安撫道：「不會的，邱老師叫妳媽媽不要打妳，好不——」

「在外面的草裡面。」此時，佳芬說話了，篤定地比著教室外頭的灌木叢。七歲的孩子不懂什麼是「灌木」，只知道指著不高的樹籬喊「草」。佳芬又童言童語地說：「怡婷進教室的時候被智遠撞到，錢包就掉進草裡面了。」

邱愛萍半信半疑地走出教室，果然在佳芬指的方向的樹籬底下，找到了一個粉紅色的錢包，怡婷才終於止住了哭泣。

佳芬開心地道：「老師，這樣子怡婷回去就不會被她媽媽打了吧？」

是不會……但這又引起了另一個疑問：為什麼佳芬知道怡婷的錢包在那邊？一般而言，看到同學的錢包掉了不是會馬上幫同學，或者提醒同學撿起來嗎？

「佳芬，」邱愛萍故意把聲音壓低，「妳是不是偷了怡婷的錢包？」

佳芬馬上被她的聲音嚇到了，連忙搖頭，「我沒有！」

邱愛萍看著佳芬，她的一舉一動盡在她的掌握之中，「那為什麼妳知道怡婷的錢包在那邊？」

「我——」佳芬的眼神也飄移了，不敢面對她的視線，這完全是小孩子說謊的肢體語言。

「我看見的！」

「佳芬，好孩子不可以說謊。」教育要從小開始，這麼小就學會說謊，以後還得了。

「我——可是我不能說謊！」後面那句佳芬是對著邱愛萍的身後說，邱愛萍一度以為佳芬在跟她身後的同學說話。

「是我的朋友告訴我的！」佳芬這次是看著她的眼睛說話。

「哪個朋友？」邱愛萍反射性問道。

頭頂的日光燈閃了一下。

忽然，教室裡的小學生集體發出尖叫聲與哭聲，幾個小男孩先是哭喊著奪門而出，好些小女孩互相抱在一起閉上眼睛嚎啕大哭，彷彿邱愛萍身後有什麼恐怖的東西。

「怎麼了——」

她一回頭，卻先看到一張嘴角裂開到耳朵的臉，裂開處還流著鮮血。

在一室小孩子的哭聲當中，佳芬的童言童語更加毛骨悚然。

【楔子】　我依稀記得……

「他就是我的朋友。」
「啊啊啊啊啊啊啊——」

【第六章】

遺忘／憶起

聽說死前會經歷人生跑馬燈，這回我總算親身體會到了。

縛靈繩斷掉後，我的靈魂大概是被冥府這個環境，遵循世界規則當成一般的魂魄處理，被一陣亂流帶走。自己就像置身在高速旋轉的咖啡杯，看著自己的人生在前面不斷閃過，畫面一個接著一個——

「你現出原形幹嘛？」

「冥官嚇人總無罪吧？」

「那麼善後你自己處理——」

等等，我不記得有這麼一段記憶啊！在我眼前站著的那兩個人究竟是誰？邱老師尖叫過後……不是，邱老師尖叫過後還有發生什麼事情嗎？但是不等我多想，我就發現自己越來越難思考，意識越發渙散……

振作一點！真的失去意識就完了！我試著揮舞手臂，抓住點東西都好！但是靈魂的手一點都不聽使喚，我只能被逼看著自己完全不想回憶起的高中小團體，還有那張令人作嘔的臉龐。

「佳芬妳對我最好了！果然是我最好的朋友——」

夠了，不要再演下去了！我很清楚接下來發生什麼事，不要再讓我經歷一次……

眼前的畫面再度變化，好幾團紅光站在我面前……其中一團紅光當中伸出了嶙峋的五指，牢牢地抓住我的喉頭。

宋昱軒……蒼藍……救我……

雅棠……

明廷──真名，要喚真名才有用……洪深仁……

誰都好，快制止接下來的畫面，我不想再看到一次……

我好害怕。

當時的我甚至沒有任何冥官可以求救，只能心中不斷念著無救哥哥和必安哥哥的名字，希望他們能夠聽見……

「我、我還想活下去──」

那個時候我活下來了。

現在呢？

受到冥府的規則影響，我來到了奈何橋的這一端，我甚至認得走過來遞湯碗的孟婆是我的諮商個案之一，靈魂也因為冥府的規則不由自主伸出半透明的手，接過湯碗……

就算是現在，我也還想活下去。

但是我發不出聲音，連喚名求助都無法。只能眼睜睜地看著碗的邊緣越來越接近自己的嘴角。

拜託了，誰來救救我！

彷彿是回應我的求救，我手裡的湯碗忽地被人打翻……

「她是佳芬姊！」那隻手的主人對著孟婆怒吼，另一隻手緊緊抓著我的手腕，怕我再次被冥府的亂流捲走。

可是……同學你哪位啊？我很確定我認識的人和鬼當中，沒有一個像你一樣是刺眼的白色。白無常的白比較像是靜謐的雪，這位白色同學更像拍照時的閃光燈那般無法直視。

說到白色，我想到的也只有蒼藍……可是這位同學的腰圍大概只有蒼藍的一半——

「大人，簡小姐的死我們也很遺憾，但根據『規則』，簡小姐在經過殿主的審訊後來到奈何橋我們一樣得遞上孟婆湯，沒有特例。」

「佳芬姊沒有死，也沒有經過殿主的審訊。」就連稱呼也很像……全世界也就只有蒼藍那傢伙會喊我「佳芬姊」。白色同學——先稱呼他閃光燈同學好了，比較有辨識度——帶著我遠離那位孟婆，可是周圍不只有孟婆，一些奈何橋的守衛也開始聚集起來，大有動武的打算。

「大人，再妨礙我們的工作，我就要通報殿主了。」孟婆很好心地發出警告，閃光燈同學完全沒有把警告放在眼裡，挑釁道：「你們就去通報，越快越好，趕快叫他們來接人——啊！宋昱軒！這邊這邊！」

遠處四處張望像在尋找什麼的宋昱軒，聽到閃光燈同學的叫喚聲，他先是疑惑了一下，很快就丟下一句「我沒空。」然後轉身走人。

喂！我在這邊啊！你會沒空不正是因為忙著找我嗎！

「靠，我今天不是來鬧場的啦！佳芬姊在我手上啊！」

宋昱軒聽到關鍵字後愣在原地，連忙偏離原本的步道來到我們兩個之前，對我仔細端詳了一番，不相信地問：「真的是佳芬嗎？」

「真的是她啦！」閃光燈先生委屈道：「你不相信我嗎？」

「你也不是第一次偷渡受刑魂，放他們還陽了不是嗎？」宋昱軒右手按在劍柄上，長劍隨時出鞘。

「就只有那麼一次！」他拖著我，幾乎是像拎小貓般把我塞到宋昱軒面前讓他能夠「仔細」地看著我。兩人距離近到我幾乎只看得到他的眼睛。

事後回想，我真慶幸那時是靈魂狀態不會臉紅。

或許宋昱軒真的需要如此近距離才認得出我。他冷漠的雙眼中閃過狂喜，連忙掏出縛靈繩繫在我的身上，原本有點陌生的肅殺氣場馬上散去。他嘴裡喃喃著：「太好了……有找到妳真的太好了……」

「還敢說！」我大罵出聲後才發現自己總算能說話了，「你剛剛竟然認不出我！」

「轟隆隆……」

「那是什麼——」聲音？還沒等我發問，宋昱軒危險地瞇起眼睛盯著雷聲的源頭，黑色的霧氣開始在我身邊環繞。

「佳芬，冥府太危險了，我先帶妳回去。」宋昱軒看起來很著急，拉上我就走絲毫沒有拖延。平時讓我的靈魂自己躺回身體裡再解開縛靈繩，確認我甦醒後還會多關心幾句身體的狀況——這次一點也不溫柔，根本就是到了我家就把我塞進身體裡面！這般暴力的作風害得我從頭到腳什麼不舒服的症狀都出現了！

「咳咳、昱軒你——咳！」你也太粗魯了！我蜷縮在床邊讓強烈的不適感消退，等到噁心頭暈的症狀改善到足以撐起身子的時候，整間屋子已然不見冥官的身影，倒是有人瘋狂地按我家門鈴。

「佳芬姊，快點開門！」

「吵死了！我有聽到啦！」我打開門就先被浮在空中的小篆嚇了一跳，肥宅併攏的雙指還燃著白色火光，眼看就要畫上最後一筆。

「你想對我的門做什麼？」

蒼藍把小篆消去，假裝什麼事也沒有，「沒做什麼。趕快讓我進去。」

睜眼說瞎話也要有個限度！那明明是個「炸」字，你分明就是要炸我的家門吧！不過要算帳也得把人帶進家門再算，我制式化地說：「魏蒼藍，請進。」

得到進門許可的蒼藍踏進玄關，二話不說就用法術層層把我套住，我還沒理解他想要幹什麼的時候，人已經被白色的繩子約束在床上——

「喂！你想要對我做什麼！我才剛復活你就要對我捆綁 play 嗎！」

「我在搶時間，現在別說話！」

蒼藍可能為了避免我再喊話干擾，直接下了一個噤聲咒，害我只能像金魚一樣張嘴閉嘴。

為什麼我身邊的男生不管活人還是死人都有點霸道呢？

既然不能講話，身體也不能動，我也只能放棄掙扎，看著五根和印章差不多形狀的黑色東西從他的口袋裡飛出，分別漂浮在我的眉心和四肢上頭。那東西有稜有角的，看起來像黑色的水晶。黑水晶伴隨著蒼藍清冽的念咒聲緩慢旋轉，並以其為中心發出白色的線條，線條與線條相連串成一個圓，看不懂的毛毛蟲文字再逐一填滿外層的圈。當扭曲的文字頭尾相連時蒼藍一個擊掌，白色的線條發出刺眼的光芒，就連黑色的水晶都爆出與其相反的白色火光，然後迸裂成粉末落在法陣的線條中。

法陣開始旋轉著。其實整個過程挺唯美的，當然，蒼藍龐大的身軀從這個角度看更是讓人嘆為觀止。

蒼藍滿二十的時候記得叫他去看個減重門診評估一下好了。雖然他口口聲聲說自己瘦很

快，也完全不在意我日常勸他減肥的囉嗦，但不代表這個身材是健康的。

「好了……妳可以……說話了。」蒼藍說話的時候有點喘也有點虛，但是在他深呼吸幾口之後呼吸就平順了許多，「這個法陣要運轉一個小時，佳芬姊可以趁這個時候好好休息。」

「這是幹嘛用的？」

「重建靈魂跟人界的聯繫。」蒼藍逕自把我的書桌清了一塊出來。我還以為他又要變什麼魔法，誰知他竟然很平凡地從書包裡拿出作業簿開始寫作業。「這個有時間限制，如果晚了法術效果會很差。假如我沒有幫妳重建聯繫會很容易靈魂出竅，運氣差一點被風一颳就回不到身體裡了。」

「你知道在執行任何醫療行為之前要先告知並徵求病人或家屬的同意嗎？」

「我不是醫療人員，我不玩你們那套。」蒼藍欠打地說，大有「你們又能拿我如何」的意味在。他搖著筆桿，語氣中還略帶自豪，「妳應該慶幸妳認識我，一般的內境人士可無法獨立完成這個法術。」

「是、是、蒼藍你最棒了，大家拍拍手——」

「……妳可以再沒有誠意一點。」

「——但還是謝謝你。」我說。這次是真的很有誠意了，有誠意到蒼藍都停筆用奇怪的眼神望著我，「我的法術沒出差錯吧？妳真的是佳芬姊嗎？」

「是啦！趕快寫你的功課啦！」

可能蒼藍的功課真的有點多，他沒多跟我拌嘴，繼續埋頭和他的習題奮鬥。而我這個被五花大綁的人只能盯著天花板……

好無聊。

「蒼藍。」

「幹嘛？」

「我上來之前，冥府被內境攻擊了。」

「不需要擔心他們，如果冥府真的如此脆弱，那他們早就被內境攻下了。」

「是喔……真不知道內境為什麼想要攻擊冥府？」

「妳可以自己去問問尹先生，好讓我們也知道內境的腦子裡到底都裝了些什麼。」

聽那個語氣……蒼藍真的對我與尹先生有所接觸感到不悅。

「你自己不也是內境的人嗎？」

「內境最好——」蒼藍全身一震，凌厲的眼神穿過粗黑框眼鏡掃向我這邊。他冷冷地說：「佳芬姊，妳別想套我話。有些事情我不想說就是不會說的。」

嘖，被發現了。蒼藍的口風果然很緊，認識他這幾年他還真的沒透露太多自己的東西，

倒是常常跟我推薦星之海魔法少女和動漫，主要還是前者。

「好吧……我原本還想問你剛剛救了我的先生是誰，想說他的火焰跟你的很像——」

「火焰？」蒼藍停下了筆，「妳記得縛靈繩斷掉之後的事情嗎？」

「記得啊，大概就是一些人生走馬燈，還有遞給我孟婆湯的孟婆……差點就要喝下去了呢！幸好有一個渾身是白色火焰的人擋了下來——應該是人吧？冥官應該不會是白色的……」

蒼藍對這個話題頗感興趣，拉了椅子到我的床邊，「妳還記得那白色火焰的人長什麼樣子嗎？」

「嗯……他全身都是白色的火，看不清楚長相。但他一開口就稱呼我為『佳芬姊』，害我都以為是你了。」

「結果呢？是什麼讓妳認為他不是我？」他挑起半邊眉毛追問下去。

「你的腰圍是他的一點五倍。先減個三十公斤再跟我說！」閃光燈同學的身形跟蒼藍差這麼多，最好會認錯啦！如果不是那傢伙口口聲聲喊「佳芬姊」，我絕對不會有一絲絲懷疑的可能。

「好像也是。」肥宅的心情忽然變得很好，還能哼起歌來。歌意外的不是星之海魔法少女的歌，而是沒聽過的曲調。

「這首是……？」跟以往星之海魔法少女活潑輕快的曲風完全不一樣，莫非……

蒼藍總算聽別種音樂了？

「星之海魔法少女的最新單曲，昨天剛出的喔！」

我果然不應該對這個肥宅抱有任何期待。

結果那一天之後的一個禮拜，宋昱軒不僅沒有帶我下去冥府的諮商小屋，就連已經約好要來人界找我的個案也全爽約了。雖然偷得一個禮拜的清閒，但我完全沒有開心的感覺。

「蒼藍，冥府那邊……」

「他們沒事，只是最近比較忙……總得收拾個殘局吧？」問了蒼藍好幾次，得到的都是類似的回答。

不只是冥府，就連常駐人界的雅棠和她底下的領路人都不見蹤影，遊魂服務中心更是掛著「休息中」的牌子，好幾間都是如此。拜訪過城隍廟，裡面除了守廟的廟祝一隻冥官也沒看見，就算我扛了一大箱的養樂多過去也沒有見到城隍從神像後方跑出來跟我要。

這樣的話，就只剩下「那裡」了。不過「那裡」可不是說想下去就可以下去的……

又等了幾天，班內有個心跳停止的病人送來急診室，急救三十分鐘後宣告急救無效。我

趁著學姊和家屬處理後續時開溜，搭了最左邊的醫療電梯。那台電梯是雙向的，兩面都有門，其中一邊的門邊有紅底黃字的牌子寫著：**本電梯通往地下一樓往生室**。

往生室就是俗稱的「太平間」，我們醫院喊「往生室」就是了。之前就曾經聽說有同仁不小心搭上了這台電梯，結果好死不死地，電梯直接越過了同仁要去的一樓直達地下一樓往生室。這種可憐的同仁大概一年會出現一、兩個。這也是我們醫院廣為流傳的「傳說」之一。

身為「看得見」且冥官朋友說不定比人類朋友還要多的我來說，當然知道電梯為什麼會不受控制跑到地下一樓的原因。

電梯打開的時候，我先是躲在往生室的監視器拍不到的地方左顧右盼，確認往生室沒有活人之後才輕輕呼喚：「祐青、祐寧——」

一個身影從燈光沒照到的角落竄出，往監視器貼了一張無人的往生室照片，另一個一模一樣的身影則對著我招手。

「簡小姐，已經安全了，放心進來吧！」對我招手的女子身穿藏青色的制服，口吻親切，外表年齡與我相近，可能還比我小一些。

「簡小姐為什麼會過來這裡呢？」另一位冥官說。雖然有著與另外一名冥官一模一樣的面孔，但她的語氣相對冷漠許多，表情也相對生硬。

祐青和祐寧屬於武官當中比較低階的「守衛」，武力和陰氣的修為不如行刑人那般強大。也正因為她們陰氣較弱，才能待在滿是電子儀器的醫院做我的保鏢。只要有新產生的遊魂第一時間就會被她們兩人帶走，以免對我造成傷害。若有她們處理不下來的怨魂，也能夠及時通報尋求支援。畢竟我是活人，不適用冥官的聯絡方式，只好多派人力在醫院當聯絡人了。

「我到處都找不到冥官，就過來找妳們了。」我很老實地說，不然沒事我真的不會跑來往生室，「冥府還好嗎？」

冰箱被宋昱軒碰一下就爆掉了，能夠想像宋昱軒長期待在醫院會造成多少損失嗎？哪像這兩個守衛，還能按按鈕搭電梯——

對，那個「傳說」就是因為祐青和祐寧要搭電梯。

你問鬼搭什麼電梯？

還不是因為她們倆怕直接穿過天花板會造成天花板內的線路短路，所以需要去地面的時候不是走樓梯就是搭電梯。但是冥官毀壞電器的能力還是會稍微作用在電梯的電板上，所以電梯會面板短路直達地下一樓。這就是「傳說」的由來。

你看，這兩姊妹多貼心啊！

「經歷了一場突襲，但是大家都沒事。沒有任何犧牲，簡小姐可以放心。」這句話依然是祐青回答。此時另一個守衛——也就是名為祐寧的女子已經站到我對面，只是她保持一貫

的緘默，沒有回話也沒有問候。

祐青和祐寧是雙胞胎，兩人長得一模一樣，衣服也穿同樣的藏青色俠客裝，如果只看臉的話還真分不清誰是誰。差別只在於她們的佩劍一個在左邊，一個在右邊，很微妙地形成一個鏡像的倒影。冥官之中雙胞胎很罕見，找遍整個冥府也只有四對，這四對當中也只有祐青和祐寧的長相極為相似。

「真的都沒事嗎？那為什麼昱軒和雅棠他們都不見了呢？」

「只是去支援別的部分吧？內境這般大動作打來，總不能讓他們毫髮無傷回去，當然是要——」

「青青。」祐寧難得開金口打斷，她的嗓音也幾乎和祐青一模一樣，聽不出什麼差別。只是祐寧的聲音感覺像冰，每次說話都感到一陣寒冷，也有可能是往生室的冷氣太冷就是了。

「妳們不需要瞞著我啊，我能明白妳們想報復回去的心理。」拜託，鄰居垃圾亂丟到你家門口你都有想把垃圾堆到他家門口的心理了，更何況是這樣子大規模的入侵行動。冥府又不是塑膠做的，也不像人界國家之間有很多利益糾葛只能隔著電視嗆聲，會報復回去很理所當然不是嗎？

祐寧接著說：「簡小姐只需要好好待在人界即可，冥府不需要您操心。」

嘖，說得還真絕情。擺明就是有事情不讓我知道就是了。都說到這個地步，我也只能摸摸鼻子認了，乖乖回去上班。離開崗位太久不大好，等等被往生室的人撞見就更糟糕了。

「那個……簡小姐，」等電梯的時候，祐青拉住了我，小聲地問：「請問簡小姐最近方便嗎？我想要跟簡小姐約個諮商……」

「喔？最近都可以啊！」我就不相信最近有哪個冥官會上來找我，他們聽起來就很忙。「我下班之後妳就可以過來了。知道我家在哪邊吧？」

「知道。」

忽然，我聽到了輪子的聲音從電梯井傳來……

靠，往生室的人帶著剛過世的病人回來了啊！我不能被看到待在這邊，解釋起來很困難的啊！不是，那電梯正在往下了我連換個離開方式都已經來不及了，正常人根本不會下來往生室我到底要怎麼找藉口——

等等……正常人？

電梯門打開了。往生室的人見到我皆是一愣，「學姊，妳怎麼會在這裡？」

「我、我不知道……」我哽咽地說，一邊希望自己剛用手指戳過的眼睛夠紅、眼淚夠多，「我只是要去地下街……結果就發現自己在這裡了。」我閃身進電梯裡面，像個瘋子一樣猛地按著電梯面板。往生室的人見我挺可憐的也不多問，把屍袋移出電梯後就放我離開。

這下可好了，我自己也成為「鬼故事」的受害者之一了。但被當成撞鬼的衰人總好過被

同事發現我是去往生室找鬼聊天好吧？就不知道往生室的人會不會跟急診室的同仁爆料這件事。

……用膝蓋想都知道一定會。

「民祐青，對吧？」

祐青祐寧是很近代的「民國」，年齡接近到可以當我的曾祖母了。可惜我家阿祖很早就過世了，不然阿祖說不定認識祐青和祐寧。聽活人講述冥官的生前一定是很有趣的體驗。

「對。」祐青緊抓著衣擺，有些不自在。部分個案在第一次諮商會比較緊張，畢竟要說出自己內心的苦惱是需要一點勇氣。這個時候，我的解決方法很簡單，簡單到跟白痴沒兩樣。

我從櫃子裡拿出一壇冥酒和兩只酒杯，開始幫祐青倒酒。

「喝吧！」我自己的酒杯當然是裝茶而已。

「我不喝酒。」祐青擺了擺手，我又把杯子往前塞，「鬼又不擔心健康問題，酒後亂性也生不出小孩，妳放心啦。」

「我怕……醉了會傷害簡小姐。」

「我自然知道怎麼保護自己。現在快喝！」

在我的威嚴之下，祐青淺嘗了一口，砸砸嘴說：「還蠻好喝的，有股淡淡的花香。」

「你們的酒真的好喝，而且每個人嚐到的味道好像都不大一樣。」例如我自己喝到淡淡的草莓味道，宋昱軒喝到的則是櫻桃和奶酪的味道。貌似冥酒會依照靈魂最懷念的味道改變，原理不明。反正冥府應該不會有假酒，喝下去就對了！

灌了一杯，好像沒什麼效果。我又重新倒滿酒杯放到她面前。

「如何？」

「真的好喝……為什麼我以前都不會去嘗試呢？」祐青望著空酒杯咕噥道：「我家禁酒，所以之前喝酒的場合都被我婉拒了……」

「那是妳太拘謹了。」冥酒很烈，但是因為味道喝不出來所以常不知不覺就醉成爛泥。我看著有點茫的祐青，開始問道：「這次為什麼想來找我呢？」

「我……」祐青失焦的眼神讓我不住擔心她會不會這樣就倒了，剩下的諮商也不用問了。但是祐青看來還有點意識，她甩了甩頭打起精神，「我……有點煩惱……」

……兩杯好像真的太多了。祐青輕輕晃著酒杯，「我……在煩惱工作。」

工作？

「我早就跟殿主們說過不需要安排守衛在醫院了。遇到事情我自然會找宋昱軒過來。」

「不是的。我做簡小姐的守衛很開心，也很慶幸我只是簡小姐的守衛。」她有些不安地抓著杯子，「我……阿寧她……」

「妳再喝一點吧。」我又倒了半杯。雖然會有諮商停擺的風險，但是風險越大，得到的報酬也越高不是嗎？

「好。」這半杯祐青一口一口慢慢地喫，忽然懷念地說：「真的好像喔……我們家住在山裡面，每年春天的時候滿山滿谷都是花，我和阿寧都會去山谷裡面抓蝴蝶……阿寧每次都抓得比我多……」

竟然開始說起生前了！不過祐青的陰氣著實比明廷深低上許多，日光燈雖然閃爍了幾下，但還算穩定。

「阿寧……她一直覺得對不起我。因為我是為了救她才死的……阿寧那時候落水了，我跳下去救，結果被阿寧拖進水裡，醒來的時候我們已經站在殿主前了……可是簡小姐都知道，對吧？」

我的心頭一緊，假裝自己什麼也不知道。

「……阿寧之前有來找過妳，對吧？」

嗅到一絲危機，我在燒茶的爐子裡又添了一點木炭讓火更旺，等等丟召喚冥紙的時候才燒得比較快。茶爐就是用在這種時候，不然我沒事在家裡用炭火煮茶幹嘛？是要一氧化碳中毒嗎？我又喝不出個所以然。

「不管有還是沒有，我都不能透露任何關於諮商個案的個資和諮商內容，就算妳們是姊妹也一樣。」我強硬地表達自己的立場，祐青並無計較，只是繼續低頭凝視著酒杯中的倒影。

「阿寧想當行刑人……但她卻為了陪我沒去資格考，因為我太弱了考不上。她有那個資質，卻因為愧疚於我，甘於做一個守衛。」

她抬頭，臉已經不是一開始清秀的臉龐，取而代之的是被水泡漲泡爛的皮膚。

滴答、滴答。

……我的地板應該不會被水浸壞吧？今天結束後該叫蒼藍幫我改運加持一下了。怎麼最近的諮商都不大平靜？

她的聲音像隔著水般有點遙遠，「簡小姐，是妳鼓勵阿寧留下來陪我的，對吧？」

「祐青，」我嘗試把對方的神智喚回來，祐青魂不在這的話我接下來說的任何話她也聽不進去，「我沒有勸祐寧留在人間陪妳當守衛，這個我能告訴妳。」我戴起烘焙手套，抓住祐青的手。

「簡小姐？」

「祐青，妳要知道，祐寧會留下來陪妳完全是她自己的選擇。」我一邊觀察祐青的表情變化，一邊決定自己接下來的說辭，「但妳也要清楚一件事，妳死了，沒有進入輪迴而是成了冥官。」

語剛落下，屋子的照明瞬間全滅，連茶爐的炭火都只剩小小的火星。耳朵湧進山谷的蟲

鳴鳥叫以及湍急的流水聲，甚至隱約聽見兩個少女輕快的笑聲。

這種情形在以前諮商從來沒經歷過，但是現在應該專注在眼前的諮商。我強迫自己保持鎮定，臉上溫柔的表情絲毫沒有因為異狀而動搖。

「我——」

「但就因為成為了冥官，所以妳們有漫長的時間。」我脫下烘焙手套，再用一介凡人的手觸摸祐青的手背，這回毫無懸念地穿了過去，只有冰冷的感覺。

祐青望著被我穿過的手，不語。

「祐寧本來就沉默寡言，不大會表達自己。身為姊姊的妳應該很清楚。」

「阿寧從小就這樣……她都靜靜地躲在我後面，可是抓蝴蝶也是她比較厲害、跑步也跑得比我快、被同村的小男生欺負的時候反而是她拉著我逃跑，考試也總是比我高分——」

我連忙打斷，不讓她繼續敘述生前，免得陰氣繼續暴漲害我又昏死一天一夜，「祐寧在等妳，等妳能夠考過行刑人資格考的那一天。慢慢鍛鍊，總有一天一定可以的。」

「可是！」祐青似乎不大接受這個建議，「我跟阿寧差太多了，我根本追不上她——」

「祐青，妳這樣子想不對。」我把雙手往外伸展到最大，「就算妳跟祐寧的差距有這麼大，」再把手縮到只有十五公分的距離，「妳要做的也只是當上行刑人，而不是追上阿寧。這一點點實力差，多幾年一定能彌補的。妳只是『民國』啊！妳有三五百年，甚至千年可以讓妳修練，時間對妳們而言不是問題，不是嗎？有心就好了。」

這樣子更改她的思維模式總聽得進去吧？祐青歪著頭思考著，很快就發現自己沒有維持住偽裝。她用袖子抹了抹臉，浮腫的臉又變回平時清秀的模樣。

「簡小姐真的很了解我們呢。」她恭敬地道：「明明不是死人，卻比我這個新死百年的小冥官還要更了解冥官。」

「太小看我了吧？」我再為自己酌了一杯茶，茶爐裡的火已經全滅，但看來已經沒有用火的必要了，「我也跟你們冥官混了二十年啊！真當我冥府心理諮商師叫假的嗎？」

「的確……」祐青說到一半就沒有繼續下去了。她還醒著，只是酒精的作用擾亂著她的意識，連坐都有點坐不穩。

問嗎？趁著她醉的時候問冥府和內境的真實狀況——說戰況應該都不為過——說不定酒醒的時候她一點也不會記得。如果不是所有人都瞞著我，我需要出這種爛招嗎！

「祐青——」

「簡小姐果然是我們冥府重要的人呢！我終於明白為什麼殿主會如此信賴妳了。諮商後當真有種豁然開朗的感覺。」

信賴。

簡單的兩個字如細針戳進心坎裡。我強硬把已經快出口的問題吞回肚子裡。

我到底在想什麼？違背冥府對我的信賴是有什麼好處？

民祐青

初步診斷：自卑感作祟。

處置：重新調整個案設定的目標，並提醒個案不需急於當下。個案能夠理解，續觀。

備註：個案敘說生前時周遭會出現幻象，以防萬一未來務必避免在人間進行諮商。

【第七章】

逼迫／責任／選擇

「佳芬姊，妳沒事，妳身上沒有操控心智的魔法。」

「真的嗎？」

「妳只是好奇心爆表而已。」蒼藍煞有其事地點頭，由於那個臉實在太欠打，所以我多送了一顆拳頭過去。

「幹嘛打我！」蒼藍抱著頭哀號道：「我明明講的是實話！」

「不好意思，有點太順手了。」

蒼藍與我認識將近五年，很了解我的行事作風，所以也不多跟我嗆聲……因為知道嗆聲後一樣會繼續挨拳頭，所以只好作罷。

「我是真的擔心冥府啊！大家一點消息都沒有——」

「讓妳知道他們的情況後，妳是能做什麼嗎？」蒼藍的語氣忽然異常正經，「就像妳常說的，妳只是一個看得見的普通人。」

我只是看得見的普通人……可惡！

「普通人就不能擔心朋友嗎？」這麼說的時候我忽然意識到一種可能，「該不會冥府的情況很糟吧！」

「沒那回事！最差的情況他們會——唔！」

會怎樣？到底會怎樣啦！

差點說溜嘴的蒼藍瞪了我一眼，「佳芬姊，妳真的很危險。」

這種時候當然是裝傻，「哪裡危險了，我只是一個看得見的普通人啊！」

蒼藍看著我良久，最後認輸般地嘆了一口氣，自個兒起身往我的冰箱走去。

我對著正在翻我冰箱的肥宅高中生說，「我的冰箱裡面沒有東西喔。」

「有冥酒吧？」蒼藍拿出我分裝在塑膠瓶的冥酒，一臉鄙視道，「到底是誰給妳把冥酒冰冰箱的主意?妳知道古代人喝酒都是喝溫的嗎？」

「小孩子喝什麼酒！給我喝汽水去！」我惱羞道，絕對不承認我不知道古代人喝酒都喝溫的這件事。蒼藍還不死心地跟我辨，「冥酒技術上而言不算酒啊！大概就跟貓草一樣的東西而已——」

「你要嘛就在我看不到的地方喝，要嘛就滿十八了再喝！」我把塑膠瓶搶過來，硬是塞了兩罐汽水在他的懷裡。也不管汽水會不會砸到他的腳，反正蒼藍自己會治療自己。

「也只差兩年……」蒼藍不滿地咕噥道，但還是抱著汽水坐回餐桌，「啪」的一聲開喝。

這傢伙……該不會是認真想找我諮商吧？不然平常他不會做這種舉動吸引我的注意。偷喝冥酒還不簡單，我相信他多的是方法把鋁罐裡的可樂置換成冥酒。

如果是蒼藍要找我諮商的話，可能還要多準備一些東西。

我開始打電話叫外送。半小時後，餐桌上面擺了兩套肯德基套餐，我還特地叫了薯條和

汽水加大，外加一盒蛋撻。

「這是……？」

「你要找我諮商吧？」反正因為白班結束後直接接了祐青的諮商，我根本還沒來得及吃晚餐。偶爾吃點垃圾食物也不錯。

蒼藍抬起頭，雙眼發光地問：「真的可以嗎？妳不是說妳不收人類嗎？」

「我就破格收你這麼一個案例吧！」我特地翻出之前蒼藍買錯送我（順便推薦我）的星之海魔法少女的周邊記事本，我連名字都不用再標。

「原來我在佳芬姊的定義上還算人類耶！」蒼藍不知道在感動些什麼，竟然假裝擦起眼淚來。

「肥宅高中生道士，就算三個詞拆開來看也算人類吧？」我打開宅氣沖天的筆記本，在雙馬尾的隊長臉上寫下日期，「為什麼會忽然想來找我諮商呢？」

蒼藍沉默了一會兒，才緩緩道：「佳芬姊，妳覺得『能力越大，責任越大』這句話如何？」

「你是被內境纏上了嗎?突然問我——」

「妳先回答我這個問題。」蒼藍的態度有點強硬，大概不允許我用平時那種跟他打鬧的態度諮商。

「嗯……」我先沉思了一會兒，一邊觀察蒼藍的表情，一邊思考他希望從我這邊得到怎麼樣的答案。但我發現，他這時候的坐姿異常端正，與平常隨性軟爛的態度不大一樣。

那就是真的來問我看法的了。

「我覺得……發明這句話的人是個中二病！」

「咦？」蒼藍愕然地聽著意料之外的答覆，我完全不給他腦子思考的空間，繼續說自己的觀點。

「我沒說錯啊，憑什麼超人就一定要拯救地球，蜘蛛人就一定要打擊罪犯。這句話是編劇用來帶劇情，讓『蜘蛛人到處打擊罪犯』這件事情合理化，這樣過後才能有反派的戲分。」

「所以佳芬姊完全不贊成這句話嗎？」

「你說完全不贊成……好像也不是。」我整理了一下自己的看法，「拿我們醫院骨科陳醫師的例子來說好了。那位醫師開刀技術好得沒話說，研究和論文也固定產出，是個很好相處的人。他剛升主治醫師時，許多醫學中心都爭相搶奪人才，拋出的薪資條件一間比一間還優渥。當所有人都覺得他會在醫界燃燒自己為廣大社會貢獻的時候，他自己跑來了我們這間不大不小的地區醫院應徵。我們醫院看到他的履歷時眼淚都快掉下來了。因為怕我們醫院跟他想像的有落差，面試的時候骨科部部長還很老實地跟他說我們醫院的待遇和刀量遠不如其他熱烈對他招手的醫學中心，結果他回答什麼你知道嗎？」

蒼藍搖頭，我也不賣關子了，直接揭曉答案，「他說『醫學中心鬥爭好多，而且還要一直寫論文，好累』。怎麼樣，有聽得懂嗎？」

「有點懂又不大懂……意思是我的能力——我是說就算一個人能力再強，也能有選擇權嗎？」

「本來就是如此，不是嗎？能力越強，你就有越多的選擇，選你自己覺得最喜歡的。你們高中填志願不也是這樣，分數越高選擇越多啊！父母幫你填志願表又是另外一回事了。」就我所知，侯醫師的志願表就是被父母搶走，一點選擇的機會都沒有，不然他好像原本想填資訊工程相關的科系。這現象在成績好的學霸身上又更容易見到。

我繼續說下去，「責任嘛……那只是順帶而已吧？蜘蛛人覺得自己有責任去幫助別人那是他自己的選擇，他也大可把責任全部丟在腦後，用這個能力去征服世界，或者假裝自己什麼能力也沒有，繼續當個普通高中生。就算世界毀滅也袖手旁觀，不過超級英雄電影絕對不會這樣演就是了。」因為超級英雄電影為了商業價值，不可能去演一個會違背大眾期望和口味的電影。

我給蒼藍一點時間消化剛剛的話——還有他嘴巴裡的食物。他吞完薯條之後又問：「假如沒有選擇的權利呢？比如說拿重要的人逼你配合……之類的？」

我想也不想直接回答：「我會假裝配合，然後在背後捅他們一刀。」

「佳芬姊，那也太陰險了吧！」

「我就陰險能拿我怎樣？是誰先用賤招的？敢逼我，老娘還不跟你拚了！」說到激動處我的杯子往桌子一敲，汽水都濺了出來，不過在蒼藍的法術下，所有濺出來的可樂靜止在空中，黑色的水珠如同倒帶一般湧回杯子裡，一滴也沒有灑在外面。

我看著這一幕，忍不住多嘴道：「我是不知道你以內境的定義有多強啦……但像你這樣一個道士還不是每天吃飯睡覺寫功課打遊戲和把星之海魔法少女的影片重刷一遍又一遍，你不是已經選擇了一個很舒服軟爛的生活了嗎？到底問我這種問題幹嘛？」

肥宅厚重眼鏡後的雙眼呈現呆滯樣，好像看著我又好像不是看著我，害我不住回頭，「我後面沒有鬼啊？你在看什麼？」

「我終於知道為什麼冥府會讓妳做冥府心理諮商師了。」蒼藍忽然有感而發。

「怎麼樣，我很能唬爛吧。」

「不只是這樣。」他似乎要趕路，一個擺手把沒吃完的東西通通變不見，應該是直接傳送到他的宿舍桌上了。他甚至不是從大門離開，而是爬上我的陽台的欄杆……

「你給我下來！我的欄杆會斷掉！」以他的能力，我擔心我的欄杆多過他的安危。

「我會輕一點的——」

「你幾公斤自己跟我說！」

「我會修的啦！」蒼藍整個人以「信仰之躍」之姿往下墜，然後消失在空中。

要帥前也不想想自己的身材不適合做這種動作嗎？「信仰之躍」的輕盈感被他的龐大身軀毀得一點都不剩。

我回到餐桌，開始思索著這次蒼藍諮商的主訴要寫些什麼，卻發現本子裡夾了一張紙條。

今天晚上早點睡，不要出門。　蒼藍留

我明天要上白班，現在已經晚上十一點了，也不會出去亂晃啊？

當晚我熄燈躺在床上的時候，才擔心起一件事。

我應該……沒有不小心替冥府或內境製造一個可怕的敵人吧？

魏蒼藍

主訴：請益能力與責任是否成正比。

處置：已向個案說明能力與責任不需成正比，個案貌似理解之後跳陽台走了。暫不約回診。續觀。

第二天早上，我打開手機後才發現凌晨時分中部山區發生了五級的地震。目前報導無任何人命傷亡，倒是山區裡的一座廢棄小學被地震引發的山崩埋了。因為地震的關係也導致了該區的供電中斷，當地政府正積極派人搶修。

……

……這不是我間接造成的吧？蒼藍昨天是有叫我不要出門，但是我出門也只會在兩條街外的鹽酥雞攤位買宵夜，根本不會跑去一百公里外的深山裡頭。還是他真的認為我會騎車夜遊然後忽然出現在中央山脈裡？

說實話，蒼藍多強我心裡沒個底，也完全不知道他能做到什麼樣的程度……但是五級地震加上崩掉一個山頭可能還要算上停電……這些都是蒼藍造成的嗎？

他才十六歲，是個連酒都不能喝的肥宅高中生啊！十六歲就能玩成這個樣子那麼內境豈不是一堆足以毀天滅地的魔法師？

我拿出蒼藍的諮商紀錄本，在昨天的諮商紀錄底下補充了下次回診注意事項。

至少問一下他怎麼解讀昨天的諮商……如果蒼藍無緣無故炸了一座山絕對會被我拉耳朵懲罰！

「佳芬，昨天地震妳有感覺到嗎？」

「完全沒有……我睡死了。」我發現自己竟然有些心虛……不對，是不是蒼藍引起的還

說不準為什麼我要心虛啊！

今天來急診的病人比較少，我和小魚竟然能夠靠在護理站閒聊。這大概是我當急診護理師這三年的頭一遭。

「我們原本要去那個村子災難演習，看來是不能去了……部長好像有要趁這個機會換去海邊。每年都去山裡面也是會無聊啊。」小魚口中的「部長」指的就是我們急診部部長，此時他也坐在電腦前面開起地圖物色演習地點。

「對啊，我都去了幾十次山裡了，來去看個海也不錯啊！東部不歸我們管有點可惜啊，不然東部的海最漂亮。」

「海島呢？」

「帳篷要搬上船很麻煩好嗎？」部長沒好氣地說：「而且還要跟其他醫院協調地點，不是我們這種小醫院就可以決定的好嗎？」

「你就跟他們撒嬌一下啊！」小魚這種沒建設性的提議當然招來了老闆的白眼，「我還是有自尊的好不好？」

「是的，有自尊的老闆，有病人來了。」一個病歷板子擋在我們眼前，提醒著我們現在還是上班時間。檢傷區的學姊說：「十六歲男性，上課上到一半忽然吐血昏倒，現在醒著——幸好有醒著，不然單單要讓他躺到床上就需要六個人吧？」

小魚往急診看了一眼，立刻驚嘆道：「唉唷，維塔莉斯的制服耶！來了一個貴族學校的少爺呢！」

「認真點，別再說笑了。」老闆低聲地說。病人來了我們還是得維持一定的門面。倒是我看著檢傷那邊躺在病床上的病人……

不只是維塔莉絲的制服……那個身形……

我來到病人前面，他原本就不大想乖乖待著，看到我的當下更是一臉想逃走的模樣。

「你來這裡幹什麼？」我毫不客氣地說。這麼糟糕的語氣引來了同事的注意。小魚還輕輕給我一個拐子，叫我注意一點。

你不是可以自己治療自己嗎！來醫院幹嘛？吐血昏倒又是怎麼一回事！

「啊哈哈哈對啊，我又沒有事，就不浪費醫療資源了……我可以取消掛號嗎？」

「他剛剛在教室吐了好大一灘血！我看到都快嚇死……」說話的這一位想必是蒼藍的老師。那灘血一定很大灘，維塔莉絲的老師已經連「端莊」兩個字都被嚇飛了。

「妳是他的……」

「班導。我姓趙。」趙老師指了指她的教師名牌，供我們紀錄在案。「我們已經有聯絡他的父母了，可是他父母住比較遠，過來可能需要一點時間——」

「什麼？妳聯絡我爸媽了？我不是說過不要通知他們嗎——」

我無視旁人眼光插嘴道：「你還未成年，很多事情都要你的父母決定。還有醫藥費……可別叫我先幫你墊！」

「佳芬姊，我們認識那麼久了……」

「佳芬妳認識他嗎？」小魚悄聲問道。我幾乎是無奈地回答：「很不幸的，我認識。」

「好像是個很難搞的同學……」

「是很難搞沒錯。」為了接下來同事的心情和心臟著想，我先跟小魚打預防針，「他的配合度應該很低，遇到狀況就來找我。我可以幫忙。」

老闆在旁邊已經問完趙老師一輪，他轉向病床上的人，「同學，你叫什麼名字？」

「魏蒼藍……不是！我的身體真的沒有事，不需要——佳芬姊妳舉起拳頭幹嘛，這裡是醫院啊喂！」

「我現在因為穿著制服不能揍你，再不乖一點你出院的時候就是我跟你算帳的時候！」把自己搞進醫院還不夠，還要給我們醫護人員添麻煩嗎？

「佳芬！」小魚把我推開，「妳今天怎麼了！他是維塔莉絲的少爺，惹起來很麻煩……他的老師也在旁邊看啊……」

部長又問了一次，「你今天為什麼來醫院？」

可能是我的警告真的奏效了。蒼藍不再反抗，癱成一坨肉泥乖順地回答老闆的問診，

「唉，就是上課上到一半，突然吐血，吐完之後就昏過去了。」

「是咳血，還是吐血？」

「應該是吐血吧？感覺不大像咳嗽……」

趙老師驚豔地看著這一幕，拉著我說：「那個，我能跟妳留個電話嗎？蒼藍是個有點難管教的孩子……」

你平常到底是什麼問題學生啊！

或許是因為蒼藍明顯很聽我的話，育玟學妹拜託我跟她換床，由我去照顧蒼藍。因為蒼藍剛踏進急診的體溫、血壓、心跳全都不正常，我只好奉老闆之命再去量一次。

我為他綁上血壓計的帶子，按下「測量」按鈕。

「正常值是多少？」

「一百二、八十以下，九十、六十以上」我反射性回答。結果血壓計沒有像平常那般慢慢上升再往下，而是直接跳了一個「110/70」的數字。

……

「反正我不管怎樣量都不可能正常啊！」

我壓低聲音，說出來的話蘊含著濃濃的警告味，「不然你就讓我記一個你的正常值，以後當作參考。」

「我以後不可能再進醫院了，妳放心。這次完全是意外！」

「會有第一次就會有第二次。現在給不給我量？」我拿著耳溫槍的架勢和霸氣程度大概跟握手槍的差不多。蒼藍知道爭不過我，放棄了掙扎，雙手枕在腦後說：「今天不是平常的身體狀態。下次我去妳家再給妳參考。」

「所以真的有內傷就是了。」

肥宅翻了個身不願看我，突然晃動的病床害我還要稍微抓著床欄，以確保床不會整個翻過去。

「擋了一些詛咒，死不了的。」

「蒼藍——」

「佳芬姊，有一些事情只有我能做。」蒼藍一定在周邊下好了隔音結界，不然也不會那麼放心地說話，「就好像如果有一個身患超級傳染病的病人，碰到他就一定會被感染。妳會救嗎？」

「我會，但我會保護好我自己。」當我們防護衣和N95口罩穿脫訓練假的嗎？但如果可以的話我還是希望自己不要遇到就是了。

「所以我有保護好自己。我這不是活著回來了嗎？」

蒼藍忽然把話說得那麼悲壯，害我都不知道怎麼繼續這個對話。都講到這個程度了……

「……現在開始不可以進食，等等需要做胃鏡。這個容器是要驗大便的——」

「佳芬姊！」

「有些事情只有你能做，但是也有一些事情只有我能做，比如說看好你的身體。現在人給我躺平，我怕床翻過去。」

應該是我太煩人了，蒼藍直接都不說話了，開始滑起手機。但我還是得問該問的問題。

「你有住院過嗎？」

「沒有。」

「有開刀過嗎？」

「沒有。」

……

因為太配合了，我趁著蒼藍專心看影片的時候扭了一下耳朵——

「痛痛痛痛……幹嘛啦！」

「確認你還有在醫院裡面沒有留一個替身給我顧！」我又不是沒遇過類似的情況。教訓太久的時候都要測試一下疼痛反應，確保我眼前站的是本人而不是什麼式神或替身。

「我知道瞞不過佳芬姊，根本不會想逃走好不好。」

「那就好。」我順手為他蓋上被單，拉開簾子前還不忘多叮嚀一聲：「有什麼事就叫

我。不要擅自離開醫院，離開床位也要跟我講。」

「知道啦……吼，佳芬姊，妳真的很嘮叨耶！」

「如果病人只需要我乖乖講一次就聽話，我有必要這麼嘮叨嗎？」因為事情該做的做完了，我拉開簾子再拉上護理車離開——

「唔！」

我緊咬著牙關不讓自己叫出來……後面「噗哧」的笑聲更讓我覺得他是故意的。

……竟然不撤掉結界讓我撞上去，這是報復吧，幼稚的傢伙！

稍晚，病人如排山倒海一般湧進急診室，我也沒有那個閒情逸致以長年老友的身分陪著蒼藍。

「不好意思，請問妳是蒼藍的負責護理師嗎？」

「是的，請問你是……」我從大包的藥物核對中抬頭，看見的是一對很正常的夫妻，正常到我一時沒有反應過來這兩位就是蒼藍的父母。

「是蒼藍的爸爸媽媽嗎？」我有點遲疑地問，那對夫妻奮力地點頭，「是的、是的！真的很謝謝你們照顧我們家蒼藍……我接到醫院的電話的時候都快嚇死了。」

這到底是在跟我演還是……我望向蒼藍，蒼藍在他父母的背後猛烈搖頭。

所以，你爸媽都不知道他們生了一個法力高強的道士嗎？那蒼藍你那些法術都哪裡學的，自個兒領悟的嗎？

蒼藍果然是團謎。

「這個，」魏媽媽提起一袋塑膠袋，從裡頭拿出一包水果，「我們家自己種的。蒼藍有特別說過不能送醫療人員鳳梨和芒果……芭樂應該可以吧？」

「不用那麼客氣啦！」急診護理師不像病房，被病人或家屬餵食的頻率比較少。但是我知道來回推辭畫面不好看，也不是太貴重的禮物，所以說了聲「謝謝」就收了下來。

他的父親關心地問：「我們家蒼藍還好嗎？」

「我找主治醫師跟你解釋喔！」我示意他們夫妻去蒼藍的床邊稍等，便打電話找了醫師來。

蒼藍的父母真的正常到……太正常了。兩老在鄉下開水果乾店，家裡有一片水果園，自己採自己加工自己賣。因為蒼藍的情況很特殊，來個師公或某個宮廟的廟祝我都不意外。天知道我都已經做好他爸媽會反對現代醫學治療的心理準備了。醫師來跟蒼藍爸媽討論之後，也確定蒼藍會上去病房觀察幾天，整體而言十分配合，是需要好好珍惜的模範家屬。

「佳芬姊，」蒼藍在我換點滴瓶的時候喚了一聲：「如果我去了病房還會是妳照顧嗎？」

「不會。」我說，還多補充一句：「但我明天下班會過去看一下你。」

言下之意是人好好的待著，不要留個替身自己消失到深山裡面去。

說來，我好像沒有問蒼藍昨天的山是不是他炸的……

……

算了，知道了是有什麼差別嗎？不對，或許有差別！至少我知道下次要勸他災害範圍控制一下不要給人類添麻煩。

蒼藍轉上病房之後，也差不多是我下班的時候。我背起背包，往急診大門走去，卻發現外頭站著一個熟悉的黑色古裝男子。

現在太陽還有點大，我加快腳步離開醫院走到陰暗的角落，不讓他烤焦。

「你還知道回來啊？」

「嗯。」宋昱軒道，他臉上掛著淡淡的笑容。

「冥府的事情辦完了嗎？」

「不然？」他走在我留給他的陰暗處，「不過看妳那邊新增的諮商紀錄本，我不在的時候妳還是有在接諮商，一個禮拜沒諮商心很癢嗎？」

「當然。」

「那麼今天晚上的諮商小屋應該能照常開張了。停診一個禮拜，累積的個案可能會有點多——」

「我吃完晚餐就可以下去了。」早點下去，一來不只延長諮商時間，把延到今天的個案處理掉，二來我就不相信宋昱軒這個傢伙懂得什麼叫分流，還要指導宋昱軒把一部分的個案約到下次。

讓一個行刑人當我的助理真的好浪費人才啊……但我已經很習慣昱軒了，也沒有想換掉的意思。

他見我沉思，關心地問道：「怎麼了嗎？」

「沒事。」我望著難得漂亮的晚霞，心情異常美麗。

「歡迎回來。」

【第八章】

明處／暗處

「這個名字……」宋昱軒緊皺著眉頭，望著病人的名單咕噥道。

「怎麼了嗎？」我倒在椅子上，兩指輕輕按著鼻梁休息。

「只是好奇他為什麼會過來。」宋昱軒從椅子站起，打開診間門喊道：「宋孜澄，請進。」

進來的是一個打扮古典的男性，身上穿著和我的助理一樣的制服，應該是認識的。看他不經意望向宋昱軒的視線，我就知道自己該做什麼事了。

「昱軒，你先出去一下。」

「沒關係的，昱軒在場也沒有關係。我也可以聽聽別的地獄的做法。」

喔？感覺會是很有趣的諮商。聽到這裡，我興致也起來了，老樣子先來個起手式，「那麼孜澄，你今天有什麼煩惱呢？」

「我在拔舌地獄當行刑人。最近我們的受刑魂在抗議，集體請願鬼魂生前也是人，需要人權。」

……

「你們還讓受刑魂說話啊……」

「本來我們就不會特別讓他們變啞巴，不然地獄太安靜了。拔舌頭前一定會有一點時間讓他們胡言亂語。」宋孜澄說得如此認真，害我的舌頭都感到涼涼的。

「那、那麼這些受刑魂想要什麼呢？」

宋孜澄就像飽受小孩摧殘的母親，對著樹洞（也就是我）抱怨道：「他們就在那邊跟我吵說『受刑就像工作一樣，所以每天只能上班八小時，還要備食水。』這點還不夠，他們還要求『受刑要週休二日』、『受刑魂太痛苦的時候要輕一點』之類的。」

「……你們的受刑魂最近是有律師或者政治人物嗎？」

「其實因為地獄的特性，我們這邊政治人物和官員特多。」

是也不意外……拔舌地獄主要是油嘴滑舌的惡人死後的歸屬。我所知道最會唬爛的都是新聞上和談話節目會出現的人物。但是看到他們死後的下場……

「不是不報，只是時候未到」說的就是這些人。

「不過……你們從以前到現在應該很常遇到這種病人，應該自然有一套方法對付這種病人——咳！我是說受刑魂。」靠，差點就喊錯了！沒辦法，面對麻煩的病人，我們真的有一套標準流程應付，我就不相信幾百歲的行刑人沒想過這招。

「我們會直接把舌頭先剪一半，讓他們不能好好說話。」

雖然我很想站起來鼓掌歡呼「對嘛，這種人下場就應該如此！」但想到我也是有可能死後會下地獄的人，而且根據上次的經驗，冥官應該不會放水，不免覺得行刑人好像有點可怕……

可怕歸可怕，但那也是死後的事。我現在可是活人，行刑人可不能傷害我，專注在眼前

的諮商比較重要。

「可是……他們果然是油嘴滑舌的傢伙。」宋孜澄低下了頭，有點沮喪道：「簡小姐應該知道吧？舌頭拔掉之後，我們會讓受刑魂復原，然後再一次拔舌。我們行刑人數量不多，所以是要排隊的。」

這個我知道，跟冥府鬼混了二十年，或多或少知道十八層地獄如何運作。我還曾經借了描寫冥府的書去問殿主真假，結果被他們笑話了一番。

「他們罵我們是一群『沒有人性』的怪物。」

宋昱軒整理病歷的手止住了動作，小屋瞬間變得靜默。

「這句當真很傷人。」素來不大插嘴的宋昱軒評論道。

「真的……自此以後拔舌地獄的行刑人士氣都很低落。」

冥官生前也是人，他們只是忠於職責才對受刑魂施以極刑……不是啊！你生前少作孽一點，死後就不會下地獄了啊！這不是活該是什麼？

我深吸一口氣，雙手交握，「孜澄，告訴我，你當冥官多久了？」

「八百年了吧？」

「八百年啊……真的蠻久的。那麼你有想過自己這份工作能夠給人類帶來什麼嗎？」

「人類……妳是說活人嗎？」

「沒錯。」不只是我的個案，就連身為助理的宋昱軒也陷入思緒之中。我決定給他們一點方向，「醫師能夠挽救性命，律師能夠伸張正義，清潔阿姨可以維持環境整潔以免蚊蟲孳生傳播疾病。你有想過行刑人能為活人帶來什麼嗎？」

我讓他們兩個慢慢思考，結果兩個最後都對我搖頭表示不知。

「你們可以為活人帶來慰藉。」

跟我比較久的宋昱軒先聽懂了我的意思，他的眼神透出些許不認同。但諮商對象是宋孜澄，我只需要說服他接受我的說法就行了。

「我們都知道好人上天堂，壞人下地獄。也知道這些壞人生前再怎麼巧妙隱藏自己的罪行，冥府終究會還給我們一個公道，讓他們得到應有的懲罰。如此，曾經被殘害的老百姓才能欣慰一點，對吧？」

宋孜澄愣愣地點頭，表示認可了我的說法。既然第一步成功了，後面就更加容易了。

「那麼，你聽了這些惡人的話，結果對他們心軟了，是不是對不起相信你們的活人，也對不起因為這些惡人而遭受苦痛的弱勢族群？」

「對……」

「所以，」我用力拍桌，把被我唬得一愣一愣的行刑人嚇了一跳，「這些受刑魂就給我用力嚴刑拷打下去！竟然說我們的冥官沒有人性？做出那些傷天害理的事情自己就有人性了

嗎！先是個『人』再來跟我談人權！最好活人都能夠知道冥府對受刑魂殘酷，人界犯罪率說不定會降低呢。」

不然每天新聞台連環播放的政治和社會新聞，實在讓人對世界絕望。看新聞我還不如看動物紀錄片，至少動物很可愛。

我語重心長地拍上宋孜澄的肩膀，「你們是活人的心靈寄託，世界和平就靠你們了。」

「沒問題！」宋孜澄拍桌站起，敬重地向我行禮，「在下先告退了！」然後奪門而出，巴不得現在馬上去折磨——咳！我是說行俠仗義！

見到這一幕的小助手幾近無奈地搖了搖頭，「妳再這樣下去，以後在拔舌地獄見到妳我也不意外了。」

「嘛……我也沒預期自己死後能夠過上好日子，就先這樣吧。」

意外的，我們兩個都陷入一陣沉默。宋昱軒率先打破這尷尬的寧靜。

「蒼藍說妳記得縛靈繩斷掉之後的事情。」宋昱軒已經盡他所能，表現得淡漠、毫不在意，但聽得出來他有點緊張。

我也是。因為我完全能預測下一個問題。

「妳……會怕我們嗎？」

他突然對地板很感興趣，不敢看我，靜靜地等著我這個活人的回覆。

果然被發現了嗎？但這個問題我應該怎麼回答才恰當呢？實話？謊話？裝可憐要求死後不要對我這麼殘忍？

「想到以後你們可能會對我施以酷刑我還是有點怕，」這是實話。誰不怕啊！但是……「——可是你們也同時在煩惱好多事，這樣一想就覺得你們好可愛喔！我最愛反差萌了！」

宋昱軒用一種「妳的腦子到底裝了什麼？」的眼神看著我，大概認定我腦袋有問題了吧。且慢，我的話還沒說完。

「但是你們會更痛苦吧？知道受刑魂是我還得折磨我。」

我對他露出溫柔的笑容，這個笑容有那麼一點悲傷……替冥官感到悲傷。

「到時候要記得再找我諮商喔！」

仔細想想，我還是多做點好事不讓這虐心的情節發生好了，拜託蒼藍幫我想個辦法也可以，不然想像起來就覺得困難。我是要怎樣諮商虐待自己的人呢？

宋孜澄

初步診斷：被言語重傷的小心臟。

處置：提醒個案其工作能帶給人類的益處。個案顯然有所清醒不再被受刑魂言語所迷

惑，下次回診時可評估成效。續觀。

總而言之，我的生活回歸正常了。宋昱軒回到了他的助手崗位上，蒼藍也出院回家了。我繼續當我的急診護理師兼冥府心理諮商師。日子過得甚是忙碌，但很開心。

直到一個煩人的傢伙出現在我面前。

「你為什麼會出現在這裡？」

以前是在急診室門口堵我，現在還會在我吃晚餐的時候坐在我對面了。我應該申請保護令讓這跟蹤狂一定要跟我保持五十米……不，一百米的距離！最好眼不見為淨！

我真的很後悔接觸了這名內境人士。

「看妳一個人吃飯很是孤單，便想要加入了。」尹先生逕自拿過我的菜單點菜，還不忘抬頭問一句「要吃小菜嗎？我們可以一起吃。」

「不需要，我看到你就飽了。」幸好我還沒有點菜，我拿起背包轉身走出麵店，不意外地尹先生也跟了上來。

真的是陰魂不散……

「你這次到底想要什麼？」

「我還以為妳都不會問呢！」尹先生追上我，與我並肩而行，「我只是想多認識妳一點。」

這種噁心的話……我全身都爬滿了雞皮疙瘩，只差沒吐出來。這時候我就會後悔自己的人類朋友不多了，不然隨便找個人陪我走回家都好啊。

「不吃飯嗎？再走下去就沒有吃飯的地方了。」

「我自己會叫外送。」

「那麼請務必邀請我與妳共進這頓晚餐。」

這男人到底懂不懂什麼叫拒絕啊！當初我真的不應該從他身上套情報，但現在後悔都來不及了……不，現在會像顆口香糖黏著我，八成也是想套情報，因為我真的不認為自己有什麼魅力讓他想要親近我。一見鍾情不是這樣搞的。

嘴角勾起一抹奸詐的笑，我雙手抱胸，抬頭望著有點高的尹先生。

「你說你想要認識我對吧？」

「是的。」

「所以你現在是想追我嗎？」

就算不是尹先生，一般男性遇到女性問這個問題都會錯愕住。只見尹先生慌張地擺著手，左手無名指的兩枚戒指在燈光下反射著光芒，「欸？不——我是說——」

反應這麼大啊？看來他的手指上是真的婚戒，說不定還很怕老婆！雖然我有點不明白為

什麼有兩枚——但這不是重點。

「不是想追我？實在太讓我難過了。」我略帶哭腔假裝拭淚，說出來的話還是一樣犀利，「那麼你為什麼想要認識我？」

「我……」

看平常表面像是個優雅紳士的男子慌了手腳還挺好玩的，我也發揮了咄咄逼人的精神，「回答不出來？我太難過了，我當真以為自己還有一點魅力呢……」

後面的關門警示聲響起，但我沒有任何動作，站在門前，見著尹先生一陣語塞，我又重複問了一次，「所以你為什麼跟著我？」

反正一定是無法在大庭廣眾下說的事，更可能是不能直接跟我講的目的。算好捷運關門的時間，我往後踏了一步，捷運門在我面前合上的時候，腦袋當機的尹先生才回過神，猛烈拍打已經起步的捷運。我則笑著揮手送別這隻蒼蠅。

有本事就自己瞬間移動進來車廂啊！捷運車廂人那麼多，我就不相信你能找到一個沒人會注意的地方讓你瞬間移動還不被察覺。

這下我該在哪一站下車呢？我尋思著。忽然，腳邊出現了一個冰冰涼涼的東西，嚇得我跳到旁邊只差沒叫出來。定睛一看，才發現是一隻白色的貓。

貓？寵物上捷運不是都要裝籃子嗎？那隻白貓與我對上視線時，我馬上知道為什麼了。

貓的瞳孔散發著詭譎的綠色螢光。

「阿財乖，不要亂跑啊！等一下被內境人士當妖貓消滅，你主人會很難過的。」

「喵！」白貓發出不悅的叫聲，在黑色古裝男子手臂裡扭來扭去，怎麼也不肯安分。

「你抱成那個樣子，也難怪貓會反抗。」我壓低聲音說，發現這個對話可能有點長，我拿出手機假裝自己在通電話，眼睛則透過窗戶的倒影注視著黑白無常的隨侍。

「簡小姐！」明衡業發現是我時甚是惶恐，連忙道歉，「對不起，我剛剛沒有注意到是妳——不要再動了！」

「左手托著貓的屁股，右手讓牠趴著。牠們會比較有安全感。」

「嗯……這樣子嗎？」換了個姿勢之後，貓也總算安分一點了。明衡業此時深深嘆了一口氣，「動物都會怕冥官的氣息……我死後就再也沒有摸過動物了……」

「我下次燒幾本寵物照顧的入門指南給你們好了……可是活的跟死的應該有差別吧？」

「我也不知道……應該只能參考行為模式吧？活貓該有的吃喝拉撒牠都沒有……會睡覺倒是真的。」

可是冥官不需要睡眠……

「我們都懷疑牠在裝睡。」

貓果然是一種欠打的動物。

「下一站有內境人士的氣息，我就先行告退了。」

咦？

不等我反應過來，明衡業就在閃爍的燈光下消失了。準備進站的捷運也跟著放慢速度。捷運全部停下時，閘門口就站著被我遺留在上一站的尹先生。

到底什麼時候才願意放過我啊……

「佳芬小姐，下次不要再這樣了。我會很擔心。」

擔心什麼啊！我有什麼東西需要你擔心的？我沉聲道：「離我遠一點，你應該不想要我在捷運裡面大喊『有色狼』吧？」我偷偷亮出提包裡頭的防狼噴霧劑。尹先生果然沒有忘記這東西的恐怖，腳定在原地不敢再接近。

忽然，手機響起簡訊通知。我很順手地拿起查看，簡訊竟然還署名了「尹」。

媽的，竟然有我的電話號碼？從哪裡偷來的！

尹：我知道這樣一直跟著妳讓妳很困擾，不然我們邊吃邊談，我會老實交代我跟著妳的原因。

這麼直接不免覺得有詐。但是老話說得好：「姜太公釣魚，願者上鉤。」我就是個明知山有虎，偏向虎山行的人。

我回道：好。餐廳你找，我懶。不要問我想吃什麼。回完後我透過窗戶的倒影觀察尹先生的反應。他收到訊息的當下先是訝異地睜大眼睛，然後如釋重負般垂下緊繃的肩膀。

我突然有放鳥他的惡趣味。

忽然，隔壁車廂傳來一陣騷動和驚呼。本著好奇的心理，我湊了過去。夾縫之中可以看見地上倒了一個人。還沒看清地板上的人究竟是生是死，我就先看到黑無常正在往一抹鬼魂手腕上銬上手銬。很巧的，那抹剛離開軀殼的靈魂與倒在地板上的人長得一模一樣。

嗯，死定了，救不回來的那種。我都快忘記明衡業跟黑白無常形影不離，而只要黑白無常出現，就意味著死亡。

忽然，身邊的人就像被下了咒，瞬間對倒在地上的人失去了興趣，各自離開，回到各自的位置，倒在地上的人身邊還空了一圈……

「把他的靈魂留下來！」尹先生衝著黑白無常大吼，手中出現一副塔羅牌，卡牌彷彿有生命一般從他手中飛了出去。就算尹先生在捷運車廂內大秀牌技，同個車廂的人仍完全不為所動，失神一般紛紛遠離尹先生和黑無常周圍……

「佳芬快救啊！妳不是急診護理師嗎！」

救？

靈魂都被銬走了你叫我怎麼救！

而且你把車廂所有人都下暗示驅離，是要我自己把叫叫CABD全部自己「單獨」完成嗎？你這個沒壓胸過的傢伙，你知道心肺復甦術很累嗎！

而且我不想嘴對嘴呼吸啊！

我瞥了黑無常一眼，黑無常在用長手銬抵擋卡片的同時，偷偷甩給我一個同情的眼神。

我快哭了，冥神都比活人有急救基本常識，這世界還好嗎？

我認命地按下車長求救鈴，還順便麻煩車長叫救護車和拿心臟除顫器過來後，迅速回到病人身邊開始壓胸。因為專注著數壓胸次數，我實在無法多加留意黑無常與尹先生的戰況，只聽得見鐵鍊的移動聲和金屬相觸的聲響。壓到第三個循環的時候，我已經開始上氣不接下氣了，這種時候還有一隻白色鬼貓覺得來找我撒嬌是個很棒的主意。

我果然很討厭貓。

「佳芬小姐！」我應聲回頭，壓胸動作也跟著停滯。只見尹先生對著我的方向射出一張牌，雖然我清楚知道尹先生的瞄準目標是鬼貓阿財，但是那張牌的軌跡好像有點偏了——

一只火籤自我的臉側貼著頭髮擦過，將塔羅牌擊落。淨白的衣擺映入眼簾，就算在武鬥大會戰鬥也不忘面帶微笑的白無常正渾身散發著惡寒，淩人的氣勢壓得我喘不過氣，也把尹先生震懾得動彈不得。

白無常用他纖細的手臂抱起鬼貓阿財，彎腰的同時不忘查看我有沒有受傷。或許察覺到主人的情緒，鬼貓乖巧地窩在白無常的臂彎動也不動。白無常幾不可見地查看我的安全，然後抬頭瞪視沒有搞清楚狀況的尹先生，纖長的睫毛下是與傳說全然迥異的殺氣。

「敢傷害她試試看。」白無常冰點之下的語氣讓尹先生倒退了一步，就算是與他熟識已久的我都屏住了呼吸，不敢亂動。白無常一甩衣袖，異樣的白霧搭上忽地閃爍的燈光，兩位冥神就這樣消失了。車廂內的人也在此時回了神，周遭陷入吵雜和混亂。

「有人昏倒了啊！」

「快按求救鈴！」

「借過、借過，我是車長！」

「我有急救證照，我來幫妳壓！」一名滿腔熱血的男大學生過來，立刻跪在我對面，開始對不可能救回來的死人進行心臟體外按摩。

你壓、都給你壓。我攤軟在沒了靈魂的阿伯旁，雙手手臂已然失去知覺。尹先生抓緊機會，趁著混亂拉上我離開現場。

我正擔心因為白無常的「保護宣言」，我會直接被認定為冥府相關人士帶回去拷問一番，或者用神奇的魔法把腦子裡的東西翻過一遍時，我的眼角餘光在月台上瞄見現代穿著的

宋昱軒和明衡業，上手扶梯的時候看到蒼藍從對面的手扶梯向下，出了捷運站後還在便利商店前面遇到日常穿著的雅棠。

這麼多冥官出動是讓我安心了不少，但這也讓我感到疑惑。

你們也太大陣仗了吧！我認得的冥官三人，道士一人……還不包括我認不出來的冥官們。不就只是我又接觸了內境人士而已嗎？有必要因此拉一整隊的人上來監視嗎？

這個問題我決定先放在心底，現在我優先需要做的事是掙脫尹先生的掌握。不然以他的長腿，他跨一步我就要走上兩大步，我幾乎是小跑步才不會被尹先生拖在地上走啊！更何況我已經有點喘不過氣了……

「尹先生！」我站穩腳步奮力一甩，總算甩開了尹先生的手。

「佳芬小姐，這裡還很危險……」

「危險什麼？」我環顧四周，昏暗的巷子、寥無人煙的小路、老舊的住宅區、陌生的男子（尹先生）和毫無反擊之力的柔弱女子（就是我本人），這個場景和人物設定把「非禮女生」的要件都集齊了！要不是我知道我身後某處有很多個冥官跟著，我還真不敢就這麼讓自己暴露在高風險環境中。

「黑白無常大人可能會追上來──」

「放心，他們不會追上來的。」因為追上來的是別人……我脫口而出，很快就發現自己說錯了話，尹先生看我的眼神也稍稍銳利起來。

「黑白無常那麼忙，他們都是綁了靈魂就走，我偶爾還會看到他們身後拖了五六個靈魂。要也是拜託別的冥官來追。」雖然說的是事實，但是只要包裝一下用詞和語氣，就會達到全然迴異的結果。果不其然，尹先生的眼神稍微柔和了點，但看我的方式還是有點奇怪。

「怎麼了嗎？」

「不，沒事。」

聽起來就像有事！不過你都說了沒事，不就是我可以離開了的暗號嗎？「既然你說沒事，那我也該去找晚餐了。」

「等等！」

「尹先生，」我不耐煩地說：「你已經繞圈子夠久了，如果你還對得起大腿中間那一根，那就給我爽快一點！說！你到底想找我做什麼！」

因為這個傢伙，我的晚餐時間已經過很久了！剛剛還做了手部運動（壓胸），現在再不吃晚餐老娘都要餓到胃穿孔了啊！

我身後的紳士遲遲不語。他沒想直說我也不想在此地久留。今天晚上閻羅和我約了諮商，我可不想遲到。我邁開步伐，漸行漸遠。

「佳芬小姐，妳應該記得我曾經邀請妳加入內境這件事。」

當然記得。雖然是背對著尹先生他看不到我的表情，但我還是毫不客氣翻了一個完美的白眼。

「那妳應該也很清楚我曾經調查過妳，」尹先生平靜地說：「包括妳的住家。」

我停下腳步，腦袋高速運轉該怎麼回覆這個對話。我自己心知肚明家門口有多少高強度結界和禁制，家裡雖然看似正常單身女子的住家，但是哪門子的單身女子家裡會有符水和聖水，世界上唯一一根用法術加持過的掃把還擺在我床邊呢！

我還來不及回頭大喊「你這個變態，我要錄音起來把你移送警察局！」之類的話，尹先生已經繼續說下去了：「那還真是讓人嘆為觀止的暗示啊！我去了好幾次，都在不自覺的情況下回到自己家。就連我要在妳或妳鄰居身上埋下監視魔法，卻連看上妳的房門口一眼，確認法術門派都無法，因為只要一進入妳住家的樓層，所有魔法都會被過濾一輪，不符合結界規則的就會被消除。」

我是知道我的租屋處一定有結界……原來是這麼高級的結界嗎！大手筆施展這種保護的究竟是冥府，還是蒼藍？

不，說不定兩邊都有。

「如果妳真如妳所說的，『只是』一個急診護理師，那麼這麼多保護就太奇怪了。」我身後發出皮鞋的腳步聲，一聲一響向我靠近，「我也查過妳的過去，除了高中三年級的瀕死經驗之外，好像也沒有什麼奇怪的地方——」

「要說就給我說重點！不要挖我過去的瘡疤！」我扭頭怒吼。忽然變臉應該是嚇到尹先生了，他面色一怔，有點結巴地說：「那個——我是想拜託妳幫我監視和妳同樓層的鄰居，我懷——懷疑妳同樓層有在逃的魔法師，希望妳能——能幫我這個忙。」

啥？

等等，這個思路跳太快了。我們重新梳理一下——

「為什麼你會覺得我們那樓有內境魔法師？還是在逃的？」

「就是……妳那樓的結界太誇張了，如果是一般的魔法師不需要用到這麼強大的結界，我們是有內境的公約保護，不怕有人上門尋仇。所以就只有失去內境公約保護的在逃魔法師了。」

「那麼找我幫你這個忙的原因是……？」

「咦？」尹先生露出滿臉的疑惑，「因為我徹查過了，妳就只是一個很普通的，有陰陽眼的平民，跟內境一點關係都沒有。這對我來說不是很好嗎？」

媽的天兵。我心裡忍不住咒罵。我到底為了什麼浪費我美好的晚餐時間跟這個蠢材耗啊！我都能感覺到一直監視著我的宋昱軒和一眾冥官口吐鮮血倒了一片（如果他們還有鮮血可以吐的話）。

對不起，我真是太高估內境魔法師的智商了。

「行、行。」我敷衍地說：「有可疑的事情我會打電話給你。」

也不知道是不是目的已經達成，尹先生總算沒再跟上來。確認四下無人之後，我輕喚一聲：「昱軒。」

……

不在附近嗎？平常我有危險的時候他都會守在附近，怎麼這回不在呢？

不是，我家裡還有一個閻羅王在等我諮商啊！這下連我的晚餐都泡湯了啊！等等買個珍珠奶茶充飢算了。我一邊哀悼我的晚餐，一邊加快腳步回家。

或許因為太餓了，我沒有注意到暗處有人彎起一抹邪魅的笑容，對今天的觀察十分滿意。

「對不起，我來晚了。」黑面男子在我家餐桌旁久候多時了，我也很快地投入諮商準備中——其實也就是拿把加持過的拖把準備「物理治療」。欠打就是欠打，不會因為你是殿主我打人的力道就會輕一點。

「我已經挑了黑白無常不會在下午過去你們醫院接靈魂的日子，妳還是晚下班了嗎？」身為殿主就是有這種特權，還可以預先查看生死簿，好知道他們的心理諮商師會不會晚下班……

不是因為我會遲到的問題，而是晚下班我就會心情不好，心情不好我「物理治療」的力道就比較難控制，然後就會……你知道的。

「又不是有人死或者急救我們才會晚下班。」我沒好氣地說：「今天完全是遇到腦殘——不是病人，是一個纏上我的內境人士。」

「內境人士？」閻羅神色嚴肅了起來，「宋昱軒呢？」

「我也不知道，稍早有看到他，對話結束之後反而不見人影。」我毫不在意地聳肩，宋昱軒最多也只算我的小助手。技術上而言，護衛並不在他的工作範圍內。說到這個——

「我從以前就覺得不對勁，我只是你們沒牌的心理諮商師吧？你們給我的保護會不會太周全啊？」最多最多算「舊識」，而且我已經轉換身分成他們的心理諮商師很久了，根本不需要這等禮遇。就只是差點被誤傷，不僅宋昱軒過來查看，連雅棠也出現了，還有蒼藍……

到現在還是有點搞不清楚，我只是蒼藍的朋友，他好像也很關心我的安全？明明他就不是冥府的人……

「佳芬，妳覺得有多少活人能像妳這樣自由進出冥府，還掌握了冥官和殿主的情報。內境單要確認殿主的能力，就要花上十幾年的臥底和研究，推敲出來的說不定還跟事實相差甚遠。」

「蒼藍怎麼說？」

「他是特例。」

「好啦，簡而言之就是我知道太多了，只好多加監視就是了。」大概就是很清楚了解十殿殿主中誰是領頭、誰手握軍權和軍令、平時行政主要哪位在管轄、誰跟他家判官比較不合……

我承認這些都是很重要的情報……但你們當初沒想過把這些資訊託付給一介人類是件很危險的事嗎！

「我要先聲明，我們還是有留給妳隱私和自由。監視和保護真的是必需的——」

「包括昱軒嗎？」我插嘴道：「當初派他來到底是做我的助手，還是做我的保鏢？」

「怎麼？妳不喜歡昱軒做妳的保鏢嗎？」閻羅支著下巴意義不明地望著我，黑眸閃爍著我看不懂的光芒，「宋昱軒一開始向妳自我介紹的時候應該有提起他的工作內容吧？」

我哪裡記得，那都幾年前的事情了。我過後都把他當助手用就是了，壓根兒沒把他當保鏢啊！

我拿起拖把奮力往地板瓷磚一敲，力道之大到都快敲出裂縫了，「別再說我的事情了。你今天想諮商什麼呢？」

「改變話題呢！這是害羞的表現嗎？所以妳是喜歡宋昱軒當妳的保鏢嗎？」

「如果不想變成我諮商七年來第一個連主訴都沒說就被我『物理治療』的個案，就給我回到諮商上！」偷笑個屁！你這個臉黑的閻羅王不要學古代少女用袖襬遮臉偷笑行嗎！

「是、是……」閻羅的嘴角仍藏不住笑意，但至少他沒繼續取笑我。

因為殿主的諮商內容較為敏感，所以與殿主諮商時桌面一向是空的，不會留有諮商紀錄。閻羅調整了一下心態，才沉重地跟我說：「我最近跟別人吵架了。」

「吵架？」我皺起眉頭，「你是殿主之一，是能跟誰吵架？其他殿主嗎？」

閻羅雖管第五殿，但他的名聲和威望必定居於十殿殿主之首，人界甚至因此被誤導，把殿主們統稱為「十殿閻羅」的情況。閻羅面露難色，感覺不大想讓我知道有膽跟閻羅吵架的究竟是何方神聖。

他不想說，我也不會逼他。畢竟對象是誰並不會影響諮商，協助釐清問題並讓個案心理好過一點才是重點。

注意到了嗎？我在吵架相關的諮商是不會要求個案委曲求全的。雖說忍一時風平浪靜，但你忍得了一輩子嗎？尤其冥官們已經脫離生死的侷限，忍耐只會加深自己的怨恨，不是長久之計。

「所以是什麼原因呢？」

「說實在，我也不大清楚——」閻羅王雙手抱胸沉思，「大概就是一直都想找碴，這次剛好被他們抓到把柄了吧？」

「他們」，所以是複數的吵架對象，語氣聽起來應該是一個群體。沒有個案諮商紀錄需要寫，我也更能專心觀察個案的情緒和字句透露出的關鍵字。只見閻羅開始抱怨：「不就是

一場遊戲，他們也把它看得太過認真了吧！佳芬，妳能想像妳跟別人下棋下到一半，結果被一個外人衝進來翻桌嗎？」

「這是哪裡來的流氓啊！」我忍不住插嘴道，閻羅王立馬點頭附和，「對吧，是流氓吧！完全不講理，好好的興致都被打壞了。他們……姑且把他們當流氓好了。從以前就很愛多管閒事，自己的事情都處理不好了，還要管到我這邊來。我很善良地順手幫他們處理掉一些問題，他們還會嫌我干涉太多。」

感覺是一個控制狂，喜歡所有的事情都在他的掌控之中。這種人一定很孤僻。可是根據閻羅的敘述來看，對方是控制狂好像又不大對……控制狂都是長年累月的操縱別人，閻羅的話聽起來更像他們對「那場遊戲」特別有意見。

「他們現在要我與他們達成協議，包括不再干涉他們的事情、不再嬉戲打鬧、不能再出現在他們面前……」

原來如此，我已經明白閻羅的來意了。

「如果不同意的話？」

閻羅王有點喪氣地說：「他們會讓我們付出代價。」

「你應該不想答應吧？」

「怎麼可能同意！我們什麼也沒做錯，為什麼要簽下這種箝制自己的協議？我們又不怕他們，只是……」

他長嘆了一聲，嘆息聲裡充滿了幾百年的苦惱和哀愁，這讓我頭皮有點發麻，感覺事情沒有我想的那麼簡單。他站起身，緩步走到我家的陽台。

「佳芬，妳應該很清楚，民間只傳我清廉剛正，卻沒有留下我不喜爭執的形象。」閻羅王趴在我的陽台欄杆上，我這個角度不見他被人倒債三百萬還仙人跳的臭臉，只見他惆悵的背影。「我也很清楚來妳這裡諮商這種事情，只會得到『把那個混帳揍到他媽媽都不認得』的答案。」

……你還真是了解我啊，我剛剛真的打算送你這句話。

「但是……如果那個人揍不得呢？」閻羅說完之後輕輕搖頭，低聲喃喃道：「我怎麼會想跟妳討論這種東西呢？妳只是個人類啊，還只是凡人——」

「你是在小瞧我這個凡人嗎？」

我語氣裡滿滿的不爽。竟然小瞧我？重點是還被我聽到了！

「當然不敢，只是——」

「只是閻羅王大人的煩惱之大，不是我這個小小的人類女子可以分擔的。」我酸溜溜地說，隨即有點惱火地低吼：「不信任我就不要來找我諮商！多年的諮商經驗沒有告訴你些什麼嗎！」

「佳芬，妳誤會了，聽我解釋——」

「不需要解釋，我大人有大量，才不會計較這些。」我冷冷地說，從電視櫃裡拿出一張冥紙和紅色墨水，在冥紙後面鬼畫符般寫了三個大字。我細心地折了一個金元寶，把字藏好。

「你還記得來我這邊的第二條規矩吧？」

「是那條『物品毀損價錢妳開，妳不想收到冥鈔』？」

「……那是第三條。」重點是那條規矩根本不成立，因為冥府完全無法付我活人能夠使用的錢幣，就連金條都無法。充其量只是嚇阻作用和自我安慰而已。

「那就是『妳無牌無照，瘋了殘了後果自負』了。」閻羅答出正解之後，我都能看見他打了個寒顫，他遲疑地問：「妳想對我做什麼？」

「你的煩惱的解決方法。」我把冥紙金元寶在他眼前甩啊甩，「我總結一下你今天的煩惱。你今天來找我是因為遲遲無法下決定而苦惱吧？」

「算是吧……」

冥紙金元寶在空中畫出一個弧度，落在閻羅手中。他不解地看著我，我道：「這個東西能解決你的苦惱，幫助你下決定。你把金元寶送給那群流氓——不准偷看裡面的內容！」

原本想動手拆開的閻羅手指停滯在空中，最後緩緩把冥紙金元寶收進袖子。

「不相信我嗎？」見到閻羅的神色複雜，我問道。

「我們相信妳能為我們做出最正確的決定，十年來始終如一。」日光燈一陣閃爍，黑臉男子自我眼前消失。

雖說是幫助閻羅做決定……但我好像也只是幫他下決心。閻羅很明顯不想配合那個鬼協議——

那麼就激化情勢，讓閻羅再也無法回頭。

突然好想知道拿到金元寶的流氓拆開金元寶，看到裡頭三個大紅字的表情。

那冥紙上面寫著三個大字：

幹恁娘。

【第九章】

毒藥／良藥

「佳芬，妳聽說了嗎？我們來了一個新人呢！」一大早才剛踏進醫院，連制服都還沒換上，小魚就興奮得一蹦一跳地來到我身邊，真不知道她每天的活力是打哪來的。

「喔？很正常吧？」護理師的離職率那麼高，不來點新人怎麼補足跑掉的人力呢？最近陸續都有來新人啊，前面幾個小魚好像就沒有那麼興奮。

「妳就不能開心一點嗎？」

「學弟還是學妹啊？」我只是隨口多問了一句，小魚卻很興奮地抓住我的手臂往辦公室方向拖去，「等一下，妳至少讓我放個東西——」

小魚領著我到辦公室，神秘兮兮地打開木門，好像門後有什麼寶藏一般。

看到門後的那張和冥官差不多美麗的臉蛋，我馬上明白了。

「佳芬學姊，好久不見。」

新來的學妹正是我的大學直屬學妹——劉彥霓。

雖說是我的直屬，但彥霓小了我兩屆，去年才剛畢業。她同時也是在學四年，勇奪四年的書卷獎，更是我們學校「校花排行榜」的常年榜首。彥霓就是那種你以為只存在於漫畫中、受上天眷顧、全身上下幾乎挑不到缺點的完美女性，但她就是活生生在我眼前晃了兩年。

雖然她很親切地與我打招呼，但說真的我與她算不上熟稔……應該說這種站在鎂光燈中心的正是我一直想避開的人。躲她都來不及了，還會跟她多多交流嗎？

大學我也沒有什麼特別要好的朋友就是了。每天有冥官陪，哪裡需要朋友。所以分組報告永遠是我最困擾的事情。

我問道：「我沒記錯的話，妳老家在北部吧？妳怎麼會過來這裡？」

「南部也不差啊，而且我看學姊能夠在這裡待三年還沒換工作，那應該是一間氣氛很好的醫院。」

小魚馬上插進來，用著如同推銷物品的口吻說：「妳還真說對了！我們醫院就是小而美，別的單位我不敢說，急診的感情絕對好！充足的人力讓妳排好的休假也不會被叫回來上班，這種夢幻等級的醫院豈是別的醫院比得上的呢？」

但相對的，這種單位也很難應徵上。其實，我進來這間小醫院的急診部之前，它的操勞程度可謂臭名遠播，但自從我加入之後，不僅換成現在這個天使護理長，就連上頭都不知道吃錯什麼藥對急診部醫護善待有加……

……應該就是我的「陰德」的部分了。

正當我還在懷疑冥府是否有在其中作祟的時候，小魚忽然丟出一句，「她就交給妳了。」

欸？

「不是，等一下，我才進來三年——」

「妳也進來三年了，還沒帶過學妹，這不是有點過分嗎？」小魚堵了我的話，又拍了拍

我的肩膀，「我就把辦公室留給妳們敘舊啦！還有，這次的災難演習別想跟我翹掉，阿長下了通牒令，妳再不去我們就會在忘年會上把妳灌到醉！這次可不會像上次一樣只有一杯調酒喔！」

「可是——」

門在我面前關上，絲毫不留給我反駁的空間。

「學姊？」

望著那張美得不像人的臉蛋，我也只能投降。

「我先帶妳認識一下系統吧……」

「……不是我不想帶她，但是彥霓真的太引人注目了。你想想，我身邊跟著一個名模等級的妹子，這樣子我是要怎樣在工作中偷偷跟你們聊天打招呼啊？」我一邊整理等會兒急診部出遊——更正，是去災難演習的行李，一邊跟宋昱軒聊起自家的直屬學妹。

「妳只是嫌麻煩吧？」

「我本來就不喜歡麻煩，低調過一輩子再好不過了——」受不了宋昱軒質疑的眼神，我馬上補充道：「好啦，僅限於人啦！跟你們在一起我還不是攬了一堆你們的煩惱在身上。」

「……妳絕對不知道妳身上有多少麻煩。」

「你說什麼？」

「我是說，妳忘了帶手機充電器，手機沒電會很麻煩。」雖然剛剛那一句話聽得不大清楚，但這句話也轉得太硬了吧！

可能又有什麼事情瞞著我吧？不容我繼續想下去，我聽到外頭「叮」了一聲，那聲音好像是我的烤吐司機……我還沒反應過來，宋昱軒就已經先往廚房走去。

……

你想要對我的烤吐司機做什麼啊！我立馬衝出房間拯救我的烤吐司機，廚房並沒有傳出爆炸聲或者燒焦味。潛在的電器破壞王則是不解地看著我，手上還拿著吐司和奶油刀。我還注意到餐桌上已經先擺好一份沙拉和冰豆漿，全都是我喜歡的早餐。

看到這跟早午餐店差不多的擺盤，我的第一個反應是去檢查我的冰箱和烤吐司機。

「靠夭欸，這些東西你是怎麼準備的？我的冰箱還好嗎？」親眼見到正常運作的冰箱後我才放下心來。宋昱軒則是簡單地說：「戴個蒼藍的特製手套就行了。」

明知道他在示範，但宋昱軒抓起我的手機的時候我還是飆了一連串的髒話。當手機沒有如預期中爆炸冒煙後，我才注意到宋昱軒手上的黑色手套，紅色的符文沿著手套口繪了一圈，乍看之下中二無比，不過和宋昱軒的行刑人制服搭配起來竟也沒有違和感。

「我有特別威脅過蒼藍顏色和樣式我挑。他原本想給我星之海魔法少女的 cosplay 手套。」

「哪一種顏色的？」我問。宋昱軒無語撇了我一眼，說：「什麼顏色很重要嗎？妳覺得如果是黑色的我就會接受有蝴蝶結和蕾絲邊嗎？」

不會……連我都不會。哥德蘿莉風絕對不是我的風格。

「你一大早出現在我這邊幹嘛？」我真的差點被我的小助理嚇死，大拇指正輕輕揉著太陽穴緩解一下頭痛。

「我是來跟妳報備的。」宋昱軒朝陽台打了個招呼，另一個行刑人從陽台踏進我的小公寓。那行刑人也不陌生，他一進來就畢恭畢敬地鞠躬敬禮。

「昱軒前輩、簡小姐。」

「這個月我會去『盯著』黑白無常大人，有什麼事情就找廷深。」

「是能有什麼事情？」我幾乎咬牙切齒地說出下一句，「有事就是你們不願意告訴我的事情，不是嗎？」確定了宋昱軒的職務內容包含保護我的人身安全之後，我更確信有什麼事情在我看不見的地方醞釀著。因為宋昱軒這幾個月出現在我身邊的頻繁程度，跟去年相比翻上了好幾倍，最近更是隨叫隨到。

能夠隨叫隨到就代表他一直在不遠的地方保護著我。

宋昱軒把臉部表情藏得很好，「我們——」

「你可以不用接話。」我完全不想聽他找的藉口。不得不說，我已經開始習慣冥府這個行事作風了，雖然我還是有點不爽！可是……我好像也不能去逼供，強求是不會有好結果的。

再說了，經過閻羅的提醒，我再不明白自己的處境就是白痴了！不需要冥府心理諮商師的身分曝光，只要讓內境知道我與冥官交好，內境人士大概會搶著把我抓回去嚴刑拷問。

「我會好好照顧自己的，我還不想那麼早死。」

「佳芬還沒到嗎？誰聯絡她一下，她再翹掉災難演習我們就要在忘年會灌醉她了喔！」

「我到了、我到了！」我氣喘吁吁地拖著行李箱飛奔到阿長面前，確保她真的有看見我。嚇死了，我連一杯調酒都不行，更何況是她們有意地灌醉。

「我都快以為妳真的這麼討厭鄉下了。不就是一天的災難演習而已嗎？我們還提早出去半天，讓你們可以去逛個老街。」

一旁的小魚附和道：「妳看，找遍全台灣還找得到這般天使的護理長嗎？演習與出遊兼具耶！虧我們家阿長神通廣大，這樣的提案竟然沒被部長擋下來。」

「也只有我們這種小醫院可以這樣玩……我自己也很意外帶有玩樂性質的提案上頭能夠通過。」最後一句阿長說得很小聲，不過還是被我聽到了。這八成又跟我積陰德的部分有關了。

張昀禎走到我身旁，彎下腰關心地問：「佳芬妳還好嗎？要不要先上車休息一下？」

「沒關係，我沒事。」說話的同時我還不忘狠狠瞪了躲在屋簷下的明廷深一眼。我才要出門，明廷深就在那邊嚷嚷「這樣子太危險了，我先幫妳開路。」、「昱軒前輩交代我要保護好妳。」、「轉角可能有埋伏，我檢查一下。」，都已經快遲到了還跟我說前面太危險要我繞路！我當機立斷燒了冥紙紙鶴叫宋昱軒來管教管教他學弟才趕上遊覽車的。

唉，宋昱軒才離開不到一個小時，我就開始想念他了。

「妳在看什麼嗎？」張昀禎又問。

「沒什麼，我只是在思考我的充電器有沒有帶。」我隨口敷衍，休息到總算不喘之後就投入搬器材的行列中。張昀禎則一直在我的不遠處幫忙，或者跟在我後面打轉。又是早起又是搬重物，一大早這麼折騰，我上了遊覽車坐定馬上就睡得不省人事。

我一向很好睡，不挑床也不挑姿勢，有個地方靠著就行。在遊覽車行駛的晃動中，我很快就被周公召喚走了，再次醒來的時候已經看到東部蔚藍的大海。

這次不只是阿長，就連老闆也神通廣大啊！上個月才說東部去不了，災難演習的地方也不是我們小小的地區醫院可以決定的，怎料換地點這個提案不僅通過表決，還全數醫學中心的大佬都同意去東部看海。

僅僅只是望著遼闊的大海，就覺得我的心情舒暢了許多。想來我好像……真的很久沒有好好出遊放鬆一下了。日夜顛倒的工作再加上冥府的諮商，我真的很少有自己私人的時間。

唉，還不都是我自願的。

「佳芬，妳總算睡醒了？」正在用手機追劇的昀禎抬起頭輕聲地說，車上畢竟還有其他人在補眠，總得放低一點音量。

「嗯。」我簡短地回覆，確認過同梯戰友的眼神，我幫她省略許多的拐彎抹角，直截了當地問：「上次跟蹤狂的事情如何了？」

昀禎的眼底閃過一絲驚訝，「妳怎麼知道我想要和妳說這件事？」

怎麼知道？工作期間不怎麼有交際的夥伴，今天對我又是關心又是問候的，上了車甚至挑了我旁邊的位子，再加上那欲言又止的表情，完全就是「有事相求」的標準模式。

「被放出來了。」

「什麼？」意識到自己的音量有些失控後，我馬上壓低聲音，「跟蹤加傷人未遂，這還不夠關他個一兩年嗎？」

「顯然不夠。錢付一付就了事了。」昀禎低下頭，開始對我傾訴：「怎麼辦？我有點害怕……」

「搬家了沒？」

昀禎突然噤聲，心虛地避開我的視線。我忍不住發牢騷道：「叫妳搬家妳就是不聽！這明明就是解決問題最好的方法，現在人都放出來了，妳要搬也來不及了！幹，妳到底有沒有

一點危機意識啊！再叫我幫妳一次我可不幹！」

尤其是現在這種非常時刻，我可不想要為了拯救一個不聽話的白痴冒著曝光身分的危險。如果為了幫她結果暴露冥官與我的友好關係，我不僅會被內境抓走，冥官也有可能被消滅掉啊！

「可是佳芬，只有妳有辦法了……」

「沒有『可是』。我沒招了，妳去找別人。」我毫不留情地拒絕。昀禎還淚眼汪汪像隻乞食的小狗看著我，我則扭頭看海，沒有想買帳的意思。

忽然，我的上方有一道影子籠罩，只見不知道為什麼到職第二天就能來災難演習的彥霓趴在我的椅背上，「昀禎學姊，妳遇上跟蹤狂了嗎？」

「我們剛有提到『跟蹤狂』這三個字嗎？」

「猜的。」彥霓露出苦笑，「有過類似的經驗。我覺得我還滿容易吸引一些奇怪的人。」

言下之意：校花就是不一樣。我也不是沒見識過跟在彥霓身後的蒼蠅數量。

「那麼妳都是怎麼處理的啊？」昀禎宛若看到暗黑人生的一盞明燈，瞬間充滿希望。正妹親手傳授的防狼絕招，想必驅狼同時又能夠維持優雅的氣質——

「簡單，就剁雞雞啊！」

我聽到好幾個同事嗆到口水的聲音。天使臉孔的正妹用著空靈的聲線說出「剁雞雞」三個字，還說得如此理所當然，這個反差實在有點震撼。

此時的彥霓對身邊驚詫的視線視若無物，還接下去建議道：「不然學點防身術起來，遇到困難自己解決也是很好的方法喔。」

我則是幫彥霓補充：「彥霓從小就有學防身術，跆拳道、柔道、合氣道、空手道，這幾種至少都有個黑帶。也曾經當過我們學校的合氣道社社長。」

坐得有點遠的阿長訕然道：「所以，妳履歷上寫的合氣道社社長……是來真的？」

「真的啊！大學期間也有很多人認為我只是合氣道社的花瓶。」生得太漂亮就是會有這個煩惱，就算很努力地做事，旁人也只會碎嘴說妳只是長得漂亮才有今天的成就。

「但是我跟佳芬學姊提起這件事的時候，她直接回了一句，」彥霓還想辦法模仿了我的說話方式，「『妳知道自己不是花瓶就好，有人來踢館就把他揍到他媽媽都不認得啦幹！』」

整台遊覽車陷入靜默，我都能聽到烏鴉飛過的聲音了。

「佳芬，原來妳也有這一面……」江小魚平板地說，或許還有點無法接受工作時對所有人都客客氣氣的學妹，竟然也有如此粗俗的時候。

我只能苦笑為自己找台階下，「我以前說話比較衝……」現在其實說話也很嗆，但只有在冥官面前才會顯出本性。

「可是學姊給的建議都很好用呢！學姊雖然口氣不饒人，但其實她提出的都是簡單實

在的解決之道。短短幾句話之中替你著想了很多呢！我之前選課和職涯規劃也有向學姊諮詢。」

「感覺得出來彥霓很喜歡佳芬呢！」阿長溫柔地說道。彥霓美麗的臉蛋也揚起一抹純真坦率的笑容公然告白：「我真的很喜歡佳芬學姊。」

這份純真大概收服了全車的人，讓在場不論男女都有種「我戀愛了」的感覺。

難得遇到以前就認識我的人，小魚趁機追問：「佳芬以前是怎樣的人啊？」

「學姊以前都獨來獨往的，原本還擔心直屬學姊是怪人所以才那麼邊緣，可是之後就會發現學姊是好人中的好人！處事還很沉穩，之前她的腳踏車被惡作劇撒了冥紙也不見她抱怨……」

沒抱怨是因為冥紙是我自己撒的，那時想說腳踏車一直被亂移動還有被陌生人騎走，撒了之後都沒人敢動我的腳踏車了……不是！喜歡我就不要再爆料我的事蹟了！面對把我當偶像崇拜的學妹，我也只能欲哭無淚地繼續聽著她和整車的同事分享我的大學故事。乍聽之下都是很正面的形象，但我真的很不喜歡引起別人的注意。

我大四畢業時底下有兩個學妹一個學弟。不是我在吹噓，但他們真的都很喜歡我，我也不知道為什麼。我只是把搜刮來的考古題和自己的筆記傳下去，再提供一些選課方向、實習時的自保手則，偶爾還聽聽學弟妹的煩惱（可能職業病發作有進行諮商），然後學弟妹就很喜歡我了。

我不就把直屬學姊該做的事情做好而已嗎？我的這群直屬到底是在感激些什麼？

完全無法理解。

我們能逛老街的時間並不多，又因考量到明廷深會被太陽烤焦，我本來想說待在便利商店直到集合時間就好了，反正我對老街的興趣不大。

「簡小姐，妳真的不用顧慮我。想去逛就去逛吧！」

「不用，我也懶。」我去逛老街的話，明廷深怎麼辦？雖然他的修為足夠在太陽底下不至於被烤焦，但還是會不舒服的吧？叫他待在原地他又會在那邊嚷嚷著「沒他看著我會有危險，會違背昱軒前輩的交代」之類的話。

此時，我的同事從便利商店的大片落地玻璃窗前經過。我還真差點沒認出穿著便裝又放下頭髮的她們。她們有說有笑，並未注意到在便利商店裡不想出去的我。忽然，一道陰氣化作氣流，隔著落地窗打了出去。

「廷深！」我喝斥道：「你在做什麼！」

「簡小姐操心我們許久，是該好好放鬆一下了。」

「我都說我沒關係——」

「這是昱軒前輩的指示，我不敢違抗。」

突如其來的大風使得我的同事們四處張望，尋找大風的源頭。很快地，在這小團體裡的育玟學妹見到了我，一蹦一跳地把我拉出便利商店。

便利商店裡頭，明廷深畢恭畢敬地點頭示意，然後跟上我們的腳步。他隱藏得很好，我大多時候都看不見他。

真是一群多事的傢伙。

一行人逛完老街之後，阿長神秘兮兮地把我們整群人趕上了遊覽車，把我們另外載到吃飯的地方。遊覽車切進了一條岔路，偏離主幹道緩緩進入冷清的小鎮。幾個老人與小孩好奇地探頭，彷彿很少在他們鎮上看到遊客。

「各位急診部的同仁請注意，我們要到吃午餐的地方啦！這次午餐是在地人推薦的隱藏美食，網路上可找不到這一家。而且聽說老闆很帥喔！」這次充當領隊的阿長拿著麥克風歡樂地說。一路上阿長三緘其口，就是不提這次的午餐地點，成功吊起許多同仁的胃口。

遊覽車在一間簡單的鐵皮屋前停了下來，經歷過日曬褪色的招牌寫著「阿秀小館」四個紅字。我下了車，撐起陽傘遮陽，也順便幫行刑人擋一些陽光。

「狗沒有叫。」明廷深下巴往在門內吹冷氣的拉布拉多輕輕一點。拉布拉多彷彿察覺到了冥官的存在睜開了眼睛，但也就只是睜開，很快就換了個更舒服的姿勢繼續睡午覺。沒有吠也沒有被嚇跑。

「矖昏了吧？」為了避免看起來像在自言自語，我的聲音儘量壓至最低，還特意以手掩嘴說話。

「爹地，有客人來了！」趴在餐桌上寫作業的男孩看起來還沒上小學，一看見我們就往廚房跑，口中還開心地嚷嚷著：「這次也有綠色的客人呢！我是不是又有巧克力可以吃了？」

「綠色？」剛好穿著橄欖綠長裙的楊育玟喃喃道：「我沒有帶巧克力啊？」

如果那隻看見冥官不會吠的狗和那個小男孩還無法讓我想起些什麼，見到從廚房走出來的男子時，我總算想起了不久之前的一個個案。這位個案有名喚作「阿秀」的盲眼妻子。

「今天不會有綠色的客人，辰逸你不要用這招跟我騙巧克力吃——」男子看見我，或者說看見明廷深的時候愣了一下，然後用滿臉迎客的笑容掩飾方才的訝異。

「歡迎光臨，我是這裡的老闆元奕容，叫我阿容就可以了。」

這位定居在人界的冥官演得很好，元奕容就像一般的小餐廳老闆忙進忙出的，一下子招呼客人一下子端菜，把我當成一般客人招待。不用吃飯的明廷深坐在另一張空桌守候。看得見冥官的小男孩則被帶離了餐廳範圍，至少整個午餐都沒有再出現。

「老闆，我們要一罐烏龍茶。」

「飲料冰箱自取喔！冷氣和電視機都可以自己轉，遙控器就放在櫃檯上。」

冥官清楚知道自己是個家電破壞王，早就準備好說詞來掩飾自己不能碰家電的情況。身著現代服飾的冥官完全融入人界的生活，找不出一絲破綻。就連有陰陽眼的我都看不見固定圍繞在冥官身周的綠色微光。

「他的魚湯超好喝的！」小魚捧著臉驚嘆道：「阿長妳到底從哪裡找來這一間店的？我查過了，網路幾乎沒有這間店的資料。」

「在地人都知道這間店，只是掌廚的老闆娘眼睛有殘疾，所以他們並沒有幫忙大肆宣揚。要有門路才會知道這間喔！」

「而且老闆好帥喔！」另外一個學妹不斷回頭望著元奕容的背影，「那麼帥跟韓團有得拚了吧！」

兩個字：冥官。我感嘆完之後，繼續安分地充當背景夾我的菜吃我的飯。

「來拍個照給值班的那些人看好了。」某個學妹忽然拿出了手機對準元奕容的側臉，我還來不及開口勸阻，她的大拇指已經放到了快門鍵上。可是元奕容的反應更快，他假裝揮趕蟲子，實則準確地往學妹的手機掃了一記陰氣。在陰氣的破壞下，學妹的手機馬上當機，捕捉側臉失敗。

「奇怪，怎麼當機了呢？」

「老天不給妳拍的意思啦！」另外一個學長開玩笑道。我們急診部的男護理師有三位，這次只來了這個學長。

此時，掌廚在元奕容的攙扶下走了出來，拉布拉多也很盡責地湊了過去，但此刻牠身上並沒有導盲犬的裝備，就只剩下搖尾巴的分了。

「今天的菜色還滿意嗎？」戴著墨鏡的阿秀親切詢問，雙眼直視著前方無人之處。

「滿意！當然滿意！」四桌的人頻頻點頭，元奕容見到眾人稱讚他的妻子也很是開心。

「滿意就好，如果太鹹或太甜都可以跟我們說。」原本以為阿秀的出場這樣就結束了，她的導盲棍往旁邊一甩，準確指向明廷深的方向。

「阿容，那桌還有一個客人，你怎麼沒去點菜啊，不能讓客人等太久。」

我心臟瞬間漏跳了一拍，偷偷順著大家的動作看向無人（只有鬼）的空桌，然後掃了那個笨蛋一記火辣辣的眼神。

「阿秀，那邊沒有人啊。」元奕容溫柔回應。

「是嗎……所以是『好兄弟』嗎？我又認錯了……」阿秀一臉疑惑。已經熟悉這套路的老闆表情全無動搖，轉向我們抱歉道：「不好意思，阿秀有點靈異體質。雖然看不見，但她偶爾會感覺得到。」

「就是會有種黏黏癢癢的感覺，可是偶爾會搞錯……我就曾經把阿容的朋友當成鬼魂過，鬧了不少笑話。」

元奕容的朋友……大概真的是鬼吧？面對靈異話題阿秀完全不避諱，反而很坦然地分享，對於一群很信邪的科學人來說，這話題全面挑起他們的興趣。

再接下去說故事之前，我一定要先說說為什麼「信邪」和「科學人」這兩個字可以這麼理所當然的放在一起。

相較於一般人的既定思想，醫院其實是一個很迷信的地方。不管是吃進口的食物還是說出口的話都有一定的忌諱。尤其我們醫院近幾年很常鬧鬼，比如穿過牆壁的古裝女子（八成是民祐青忘了收斂形體）、在小兒科病房陪伴在無人照顧的小孩身邊，卻在隔壁床看到飄動的綠光（民祐寧很喜歡小孩，偶爾還會找朋友一起來逗長期住院的病童）、被深夜電梯載到太平間的護理師（這個是我……）

「所以你相信世界上真的有鬼嗎？」江小魚雙眼發光地問，元奕容淺淺一笑應答道：「當然相信，不然怎麼解釋我太太感覺到的東西呢？」

小魚緊接著問：「那你有看過嗎？」

「沒有。」本身就是鬼的元朝奕容篤定地說：「我還真沒有見過……這應該算是好事吧？」

「啊……我還以為總算能遇到有陰陽眼的人了……」江小魚失望道。這聲悲鳴使得元奕容若有似無地往我這邊掃了一眼。

別看我啊！我可不想要讓她們知道我看得見啊！

「歡迎下次再來！」元奕容在門口親切地跟我們揮手道別。在災難演習之前還有將近一小時的時間。跟司機大哥溝通之後，他把我們載到附近的古蹟轉轉。

所謂的古蹟，更貼切一點的說法應該是已經荒廢的糖廠，老舊的倉庫經過當地政府翻修之後，租給了文創業者成了現在的文化園區。但是可能因為客源有限，有些翻修後的老屋依然呈現空屋狀態……人類而言的空屋。

我稍微瞄了一眼，空屋裡面有好幾盞綠光在裡頭躲太陽。照光不佳的老屋本來就很容易成為好兄弟的落腳處，屋子若是有些歷史背景他們又更愛了。遊魂看見我的時候還沒有反應，但當明廷深從遊覽車行李廂鑽出時，飄蕩的遊魂瞬間僵直，然後一哄而散。

「我穿著行刑人的官服，遊魂會怕是理所當然的。」明廷深一邊說著，一邊鑽進我的陽傘底下躲太陽。

「可是，遊魂會說話，難道冥府不怕他們把我跟冥官的友好關係說出去嗎？」

「放心，遊魂不是很好套話的對象。他們的意識主要還是停留在對生前的思念，問話很

容易被思念岔開話題，問的方式稍有不對，遊魂轉變成怨魂又更棘手了。」另一把聲音說，由於是熟悉的聲音，我反射性說了感想。

「遊魂是思念，怨魂是怨念這個我以前就明白，但我還是現在才知道遊魂不好套話……你怎麼會在這裡？」我小聲驚呼，還得強裝鎮定才不被同事發覺到我的異常。

「我趁著你們車還沒離開前鑽進行李廂了。」元奕容現在穿著的是文官制服，身上的綠色螢光並沒有加強收斂，呈現冥官最正常的狀態。「請問我可以臨時找簡小姐諮商嗎？」元奕容指著較遠處的小屋說。

我四處張望了一下，簡單向身邊的人交代去洗手間，很快就離開了同事身邊。元奕容挑的小屋完全偏離主幹道，斑駁的屋瓦和瓷磚更是彰顯它的荒涼。元奕容如入無人之境，輕輕地打開門閂，放我進屋。

「廷深，去把風，不准偷聽。」明廷深畢竟是代班，將個案的心聲讓代班聽了也有個案隱私洩漏之憂。明廷深也很清楚自己的定位，乖巧地到外頭站崗去。

「那麼我們開始吧！」元奕容真的挑了一個很好諮商的地點，這間空屋的隱私性很夠，窗戶也幾乎都被樹枝遮擋了，只有微弱的燈光從縫隙間透出。牆邊有張簡單的凳子，蟻蟲蛀蝕的痕跡和厚厚的灰塵，更顯出這個空間的閒置程度。

「坐下吧！」我用紙巾把灰塵簡單地清潔，示意元奕容坐在我旁邊。文官落座後直接丟出一顆超級震撼彈。

「我們家最近被監視了。」

「我馬上叫廷深進來……」我幾乎眼神死地望著文官，「我要認真澄清一件事，我是你們的心理諮商師，不是萬事屋也不是解決師！你大可把你的困境告訴殿主，或者其他朋友，這完全不是心理諮商能夠解決的問題啊！」

如果心理諮商能夠解決跟蹤，我的白痴同梯就不會被跟蹤這麼久了啦！

「啊，其實也不需要叫廷深進來，他已經知道了，我們也已經查過對方的意圖。他們是衝著我兒子來。」

「要你兒子幹嘛？」

「他們希望我能讓辰逸進入內境，那兩個內境魔法師跟我誇說辰逸很有天分。我何嘗不知道他很有天分，之前我朋友來找我的時候，一群人起鬨給了人類的符咒讓辰逸玩玩，差點沒把屋子燒了！」

為什麼這段對話有滿滿的吐槽點？但是我又不忍心破壞元奕容以兒為傲的小時光，只好以自己冥府心理諮商師的專業挑問題。

「內境人士『跟你說』？所以他們有跟你接觸了？」

「放心，他們沒有認出我的真身。」

「他們是笨蛋嗎……」冥官換個衣服加上收斂氣息就能偽裝成功？

「我也這麼覺得。我甚至陪他們聊了半個小時，聽他們解釋什麼是『內境』和『冥府』。」元奕容雙手抱胸回想著與內境魔法師的對話，意猶未盡地道：「還蠻有趣的，能夠從內境的角度聽到內境如何介紹自己。聽到他們說『冥官是奉殿主旨意血洗人界，並以怨氣為食』時我差點沒笑出來。我從來不知道自己有在吃怨氣。」

長期跟冥官打混的我一開始也是經由冥府的角度認識冥府和內境。蒼藍是永遠的特例先不說，尹先生好像一開始就把我當成知情人士，也沒有多加解釋這一塊。

但也完全看得出來內境對冥府的誤解如海一樣深。

離題了，我把話題拉回今天的諮商，「那麼今天你主要想諮商的，應該就是兒子要不要去當內境人士這件事了。」

「不愧是簡小姐。永遠都知道我們在想什麼。」

「這不難吧？你看起來就很愛老婆和小孩。」

「生前沒給足的，現在再給也不遲。」憶起生前的冥官身周綠光搖曳了起來，磚屋隨著冥官忽然晃動的陰氣發出格格聲響。在我出聲制止以前，明廷深從外面穿過磚牆而入，迅速抓住元奕容的手腕。

磚頭震動的聲音停了，原本在外頭樹上吱喳不停的鳥叫聲也沒了。

明廷深嚴厲地說：「奕容前輩，這裡是人界，我想你應該比我更需要擔心暴漲的陰氣會吸引什麼過來吧？」

兩個古裝男子在我面前進行一段眼神交流，很快地元奕容輕輕把手抽回，「我明白了，真的很對不起。」

雖然我不在眼神交流當中，但我很清楚暴漲的陰氣會引起內境人士的注意，屆時遭殃的肯定不止元奕容一人，波及的還會有他的妻兒，甚至這座沿海小村的住戶。

「那我們回到你兒子身上，」我試圖回到陰氣暴漲之前的話題，打破這尷尬的局面，「我先撇開冥官的兒子去當內境魔法師有沒有任何不妥……那兩個內境魔法師連你的真身都沒看出來，你真放心你兒子跟這種貨色拜師學藝嗎？」

兩位冥官同時用詭異的眼神看著我，先開口的是明廷深，他小聲提醒：「簡小姐，孩子的養父是冥官。」

「我很清楚，但那不造成任何影響吧？孩子有本事又有興趣學，為人父母的支持他的興趣應該很理所當然吧？就不知道學魔法的金錢門檻會不會很高……」

「簡小姐，您真的認為我兒子進入內境一點問題也沒有嗎？」

我摸著下巴，「應該還是會有吧……你太太眼睛看不見所以冥官的異常都瞞得住，你兒子就不行了，而且越長大只會越難唬。再說了，內境都在醜化冥府的形象，讓孩子接觸到這

種錯誤訊息好像也不大好——怎麼那個表情，冥官的養子學魔法很合情合理啊？」

說不定還會變成下一本大賣的輕小說題材呢！

「不是，我只是覺得與冥府有聯繫的人進內境不大妥當——」

「妥當你就不會來找我諮商了。」我說：「我個人覺得進內境是一回事，學習魔法又是一回事。如果能夠不進內境又能學魔法最好了……」

「不可能有這種事情吧？內境會管理底下的所有的魔法師。」

內境會管理底下「所有」的魔法師……

「那蒼藍呢？」

冥官們異口同聲地說：「魏蒼藍大人是特例。」

「正解。」我掏出手機，立刻發送了訊息給肥宅道士，訊息內容簡潔了當，全然無視元奕容惶恐的表情。

「不、等等！我們不夠格拜大人為師——」

「也要先看他有沒有意願收吧？」蒼藍他可是大忙人呢！吃飯睡覺上課玩遊戲和重刷星之海魔法少女的影片占據了他絕大部分的時間。

等等，我們先撇除蒼藍很強這一點，這位肥宅高中生道士真的會是位好老師嗎？但訊息都已經發出去，還已讀了，收回都太遲了。

蒼藍：冥官的人類養子當我的徒弟？這種神扯的事情也只有妳想得出來。再說。

你看，蒼藍沒有拒絕呢！

元奕容

初步診斷：苦惱兒子要不要進內境學習魔法。

處置：已指點第三條路，讓他去找蒼藍。

備註：小心蒼藍把人家的小孩教壞！

稍晚，當我看見同事們慌慌張張地回到集合點時，我就知道出事了。

「彥霓看到鬼了！」

劉彥霓被圍在人群中央，有點不自在地面對還不熟悉的同事們關心她的撞鬼過程。

「所以是看到了什麼？」

「她說看到綠色的東西閃過去，就在那塊石碑旁。」

「彥霓不是還有看到鬼本身嗎？妳不是說是女鬼？」

我專心聽著其他同事敘述彥霓的撞鬼事蹟，一邊用眼角餘光掃向他們口中的石碑。可能表情過於僵硬，旁人便多嘴問了一句：「佳芬，妳會怕嗎？」

「她之前曾經被困在往生室過，妳覺得呢？」

「那妳需要先迴避一下嗎——」侯醫師體貼地問，馬上被我搖頭拒絕。

彥霓以前沒有陰陽眼，這個我很清楚。如果說現在看見鬼的話——

「妳最近運勢是不是比較低啊？要不要找間廟拜一下？」

平凡人運勢低到看得見鬼，大概就是「死劫」了，能否渡過還得看自己的造化。上回楊育玟就是剛好遇到我和蒼藍才逃過一劫，這回彥霓她——

「不是鬼啦！」彥霓嬌聲反駁：「我只是眼花了而已！」

我鬆了一口氣，幸好只是誤會。我可不希望難得出遊還要上演生死大逃殺。而且，石碑旁並沒有瞧見他們所說的，帶有綠光的女鬼。

應該可以放心……吧？

事後回想起來，我大錯特錯。早知道就應該以此為藉口帶劉彥霓去收驚，順便翹掉整個災難演習，後面所有的事件也就不會發生了。

雖然我已經入行三年，但這次是我第一次的災難演習，菜鳥程度就跟剛進急診兩天的劉彥霓一模一樣。大多數時間我還是跟在年資十年的學姊身邊學習，一個指令一個動作。由於這次比較晚開始，救難用的大帳篷和物資都就定位後，已經接近黃昏時間。三間醫學中心與三間地區醫院的帳篷都已經點亮了燈，加上這所國中原有的照明，整片操場就如白天一樣明亮。

我從洗手間走出來時，正好遇上了同樣要進去洗手間的直屬學妹。

「佳芬學姊。」

「怎麼了嗎？」

感覺她是看準了我落單的時候湊過來的。

「妳覺得世界上有鬼嗎？」

果然有問題。

這問題我回答得很慎重，因為我知道事實卻又不能明講。

「有吧？以後妳就有機會聽到小魚的座右銘了。她常說：『做我們這一行的不可以太鐵齒』。」

我被電梯直送往生室的那一次之後更常說，然後還會順便宣揚我的撞鬼事蹟。所以之後有人問我跟鬼相關的話題，標準答案都長這樣。

我直視劉彥霓的眼睛，沉聲詢問道：「妳今天看到了，對吧？」

「我——我不確定。」

「什麼顏色的？」我又問了一次，從本人口中得到的回答還是最準確。

「綠色的。」彥霓說：「但我有聽說綠色的不會傷人。」

帶綠光的是遊魂和冥官，紅色則是怨魂。以鬼火顏色充當傷人標準的確有跡可循。

「那妳現在還有看到嗎？」明廷深雖然不在，但如果真的是死劫，那麼彥霓現在也會看得到住在女廁裡的遊魂。

彥霓臉上的恐懼在我握上她的手之後淡去，她這才抬起頭，小心翼翼地環顧四周。

「沒有。」

「那就好。我先回去了。」現在沒看到就三種可能：下午的時候她看錯了、死劫已過、要不就是她有看到可是在說謊。但是，如果真有看到應該不會像現在這般冷靜，所以前面兩種的可能性比較大。前面兩種都不會有生命危險，我也沒興趣細究。

「學姊……」彥霓對著我的背影難為情地說：「可以等我一下嗎？我有點害怕……」

我望了一眼陰暗的廁所和繞著白光飛舞的蛾，還有廁所裡的那隻遊魂，隨即點了頭。

就算是武林高手也會怕鬼啊……

我等著彥霓的同時，瞧見了一道比普通遊魂更加鮮豔的綠光正在追捕著紅點，想必是明廷深正在努力抓拿怨魂，好讓我們這次的災難演習能夠平安度過，但效果不彰就是了。

因為到了晚上，演習變成了實戰。

夜幕垂降之後，一陣天搖地動驚得所有人都撤出帳篷。國中操場原本的照明「啪」的一聲暗下，我們自己帶來的燈則是有發電機供電，這才免除全黑的窘境。現代人的通病在地震之後立馬顯現，幾乎是人手一機搜尋地震消息和發地震文。

「收不到訊號……」

「怎麼可能，地震前明明還滿格！」

「這樣子的地震會不會有海嘯啊？」

「海嘯應該打不上來吧？剛剛我看司機轉進山區開了至少十分鐘……」

人聲越發嘈雜。我望向遠方的天空，我們災難演習的地點雖在山裡，但前後都離城鎮不會太遠。我剛剛還能看到城鎮那邊的燈光——

沒了。少了光害的天空星光更加璀璨，但我沒那個心情欣賞，先了解現在的狀況比較重要。

「廷深？」我輕聲呼喚，卻不見貼到身邊的綠光。

「各位稍安勿躁，先站在原地別動。請各醫院的阿長點名，然後派一名醫師到我這邊商量對策。我再說一次——」大聲公的聲音清楚傳達到每個人的耳裡，我站到了隊伍最尾巴四處尋找明廷深的蹤影，卻不見冥官出現在我背後。

應該是真的出事了，不然明廷深不會擅離崗位的。現在是初春，大約六點就會天亮了，不過夜晚才剛開始，我們還要撐過一整個夜晚。我偷偷掃視著在校舍裡和操場另一邊的樹林，至少已經沒有怨魂的紅光了。就靈異的部分而言，今天晚上應該會是平安的夜晚，但同時也代表這個斷電不是怨魂或某個白痴冥官誤觸電線造成的，自然天災或人禍的可能性更高。明廷深不見的情況下，我怒猜是與內境有關。

「那邊有人來了！」有人注意到遠處有盞像是機車大燈的亮點駛進校園，然後在操場邊停下、熄火。

「快叫他過來，說不定是當地居民！」在商討對策的醫師們見到後，對著他又叫又喊，還拿出了手電筒對著他揮舞。有個當地人總好過沒有！不然現在重度依賴谷歌地圖的情況下，根本沒人知道下山的路怎麼走、又或者哪裡有店家可以求救。

來人在操場邊緣停下機車，腳步不疾不徐向我們走來。隱身在夜幕中的他踏出陰影，走到燈光下。

他提著兩個塑膠袋，還戴著安全帽，活脫像個外送的。我們醫院的同仁在看到那張臉時盡數認出了來人的身分。

身著人類穿著的元奕容不好意思地說：「嗯……我知道時間點不大對……但你們有人叫外送嗎？現在手機好像沒有訊號了……」

我原本以為這只是元奕容找的藉口，實則是上來找我的，誰知我們醫院人堆當中，當真有人舉起了手——

「是我……」

「周任祺！」

「學長！」

「他們的炸黑輪很好吃耶！我只是想叫上來當大家的宵夜——」我們急診唯一的男專科護理師想要贖罪，多補了一句：「我還有叫蚵仔酥喔！」

完全沒有幫助。一眾急診部有人羞愧掩面有人開罵，災難演習到一半偷叫了宵夜上山，還因為地震的關係手機沒作用只能在兩百人面前承認，不意外的，這大概會成為其他醫院好幾年的笑柄。

但這同時也證明了我們急診室感情真的很好。因為一邊罵周任祺學長（與其說「罵」，說「取笑」好像更貼切一點）的同時，大家拿起了塑膠袋就開始分食。元奕容收完錢之後，從外套掏出一塊手表往我這邊走來。

「這個是我在妳坐的位子撿到的，妳應該找很久了。」

「謝謝。」我取過不屬於我的手表，裝模作樣地戴上。元奕容達成接近我的目的後，我馬上壓低聲音問：「現在是怎樣？」

「內境攻擊，八人小隊，通訊全斷了。我剛剛已經傳訊請求支援，用上您的名號支援應該很快就來了。現在外頭有廷深擋著。」元奕容的聲音也很小聲，差點被在一旁歡樂搶食的喧鬧聲蓋過去。

「衝著我來的嗎？」

「不知道，但妳的身分沒有暴露，衝著廷深來的機率比較大。他今天可是穿著行刑人制服晃了一整天。」

「我立刻燒冥紙找人來——」

「不行——」元奕容厲聲制止道，此時一個窈窕的身影強行插入我和元奕容之間。

「這位先生，你也是有家室的人了，請問你想對學姊做什麼？」彥霓的語氣滿滿的不悅，幾乎快變成殺氣了。我急忙緩和道：「彥霓，他只是來還我東西的——」

「他靠得太近了！」

「沒有妳想像得那麼近啦！是妳看錯了。」我說，一邊打眼色示意元奕容離開。元奕容的話還來不及講完，可是彥霓如禿鷹般盯著，她方才的叫聲也引起了急診部其他人的注意，使得我們兩個也很難再有任何對話。

「彥霓，妳要不要過去吃個蚵仔酥？」

「學姊……」

「妳就過去嘛——」我把劉彥霓推向宵夜的方向，但她的視線在我跟元奕容之間徘徊，沒有想要迴避的意思。

「妳只需要跟妳的朋友待在一起就好。」擔心被彥霓聽了去，元奕容這段話講得很隱晦，但我不是白痴自然聽得懂話中涵義。

因為妳會被發現，甚至把情勢複雜化，所以什麼都不要做，跟普通人待在一起就好。

就算看見了遠處時近時遠的綠光，還有不斷往綠光攻擊的七彩光束，我也不能有任何動作。我不是漫畫主角，不會大喊一聲「我也要去！」然後就一頭熱血像個笨蛋似的衝進戰場。更何況我沒有自保能力，喚名或使用冥紙召喚也只是牽拖另一個冥官下水而已。

手機斷訊，我甚至無法叫蒼藍過來幫忙。

「學姊，妳在看什麼？那奇怪的餐廳老闆果然跟妳講了奇怪的話對吧？」

「沒有啦，妳不要多想。好像看見一隻貓頭鷹飛過而已。」我輕輕地推著彥霓，往正在搶黑輪的人群移動。就像元奕容所說的，跟人類待在一起就好。

「快去吃，他們是一群餓鬼，宵夜很快就會不見喔！」

假裝自己是個普通人，什麼都沒看到，什麼也不做。

元奕容把該說的說完之後，就自己走去正在商討對策的醫師群中。不是我們的訓練不專

業或模擬不足，而是我們一開始就不會模擬自己被困在山中的情境。一般而言，醫療隊會進入救災的時候，不是道路已經被搶通，就是被直升機載進去的。

對策小組似乎達成了共識散去，有兩個人拿了對講機坐上了車離開，應該是去求救。一部分人則拿了手電筒進入校舍裡，可能是在尋找電話，也有可能是確認供水，因為我看見有另外兩人往廁所方向走去。其他沒事做的人則是被要求先待在醫療帳篷內。由於與我們有一面之緣，元奕容也先被「寄放」在我們帳篷裡。

「相較於其他醫院，你們人數看起來比較少呢。」

「我們古綜合本來就是地區醫院，同樣是急診部規模也會小很多。一些比較嚴重的疾病我們無法處理，還是得後送到醫學中心。」周任祺指向隔壁帳篷，正好就是我們長期配合的醫學中心。

「原來如此！感覺你們很偉大呢，每天都在救人。」元奕容敬佩道。不得不說，當了冥官將近八百年的元奕容真的把人類模仿得很好，說出了平時大眾常對我們說的話。

「我們一點也不偉大，我們也有很多救不活的、來不及救活的。」周任祺學長一向敢怒敢言，但他說的全都是事實，「還是看病人的命吧？有些病人就是那個時間點會死，有一些明明已經快要停止急救了，但就是能在最後一刻恢復心跳。然後我們也只能繼續救。」

「學長！你這樣子說話，阿容會對我們幻滅的啦！」

「啊這就是事實啊！我們又不是神仙。什麼跟死神拔河，死神放水我們才救得回來好不好？」

沒錯。黑白無常如果要帶走靈魂區區人類是不可能擋住的。正所謂「閻王叫你三更死，誰敢留你到五更？」雖然殿主們很和善，但最基本的工作是不會怠慢的。

所以我一看就知道病人有沒有救。沒救的病人在推藥的時候都不敢看家屬期盼的眼神。他們把所有的冀望寄託在那幾管藥物上。殊不知靈魂早已脫離，餘下的都是一場表演。至少我認為自己是在演出一場安撫家屬人心、為死者送行的短劇。

就是因為我知道得太多，蒼藍曾經勸過我換單位。一個有陰陽眼的人待在急診對心靈太不健康了。但當我跟他說我的第二志願是加護病房的時候，他還寧願我待在急診。

「急診至少病人來去很快，很難產生感情。加護病房照顧了十來天，最後還是死亡只會更難過。」

蒼藍當初是這麼說的。一個拿著冰淇淋的國中生忽然擺出一副老成樣在那邊說教實在很欠揍。

「阿容，都是我們在說故事，你也應該來分享一個啊！」江小魚忽然興致大起，拿起手電筒往自己的臉上照，在光影下蒼白的臉惹得一眾女性的怪叫。但其他人叫得越大聲，小魚就越高興，還幽幽地說：「就來講個鬼故事如何呢？」

「咳咳！」

「學姊，妳還好嗎？」

「沒——咳！沒事，只是嗆到咳——！」

一定要挑我在喝水的時候說這種話嗎！妳叫一個鬼講鬼故事，還選在山難發生的時候？沒準校舍的遊魂會被冥官的言語引誘過來，然後深夜怪談就變成4DX體驗了！

「不好吧？雖然現在人多，但旁邊是校舍耶！」元奕容從容地回拒：「上次帶我太太來這邊的時候，她有說過這間學校給她的感覺不大舒服。」

元奕容這番話又引起一陣尖叫，幾個比較怕鬼的學姊已經把耳朵摀住，更有人喃喃著天亮以前絕對不會進去校舍。

此時，似乎是在嫌我們處境不夠糟糕，天空打下了一道響雷，傾盆大雨緊隨其後。

「奇怪，剛剛不是還看得見月亮嗎？」

「下雨是不是要擔心土石流啊？」

「應該還好，山區本來天氣就多變，這種大雨很常見。」在地人／鬼元奕容解說道，讓帳篷裡緊張的氣氛緩和了許多。

「我們倒是把外面的器材收進來吧！發電機也得套個套子不然會淋濕……」

我被小魚指派去幫發電機防水。如果發電機壞了，我們醫院的帳篷恐怕就會斷電得去寄宿別家，到時候可就不會像現在這麼自由了。

發電機在帳篷後面，剛好是燈光較暗的地方，我儘量克制著自己不去看在發電機旁飄浮著的遊魂。彥霓則是自告奮勇陪我出來幫我撐傘。幸好只是套個防水套，不需要任何知識和技能，倒是幫我賺到了和彥霓單獨聊天的機會。

「彥霓，妳今天是怎麼了嗎？黏得比平常還要緊。」

「沒有啊——」

「別說謊了，妳哪次說謊瞞得過我的？」雖然不敢自稱是人體測謊儀，但多年的諮商經驗終究增加了我對謊言的敏感度。我撐著膝蓋站起，回頭望著不敢對上我視線的直屬學妹。

「我……那個……」

「唉……彥霓，我說過很多次了。妳不說我是幫不了妳的。」

「那麼……學姊妳不要嚇到哦！妳後——」

嚇到什麼？我還沒問出口時，彥霓望著我的雙眼忽然變得驚恐，突然雨傘一丟，使出全身的力氣把我撲倒在地上，一道紫色光束就從彥霓的背後險險地擦過。不需要我的指示彥霓已經從我身上爬起。

是魔法。莫非我與冥府的交情曝光了嗎？

「對不起，我——」

「妳剛是要跟我說這件事嗎？」

「不是——」我聽到答案之後立刻站起拉住彥霓往帳篷入口拔腿狂奔，內境人士不會挑人多的地方攻擊，回到人群之中是最安全的選擇。倏地一件深藍色長袍忽然從地下竄出，展開在我們眼前擋住去路。見到一件會飛的衣服後，彥霓發出了高分貝的尖叫聲——

……

我好像也應該跟著尖叫？慢三秒尖叫應該不會太奇怪吧？看太多遊魂和怨魂，偶爾還有蒼藍的術法表演之後，一件會飛的衣服真的嚇不了我，這招近幾年的電影就玩過了沒啥特色。但基於我現在是「普通人」的情況，我還是叫幾聲裝一下好了。

「啊啊啊啊啊——」

於是我也跟著叫了，我覺得我好蠢。

「兩位小姐不要害怕，哥哥我沒有惡意。」

不，這句聽起來就像變態。

「你是誰！你想做什麼！」不愧是學武多年的劉彥霓，她回身的同時也把我護在身後，身體已經擺好預備攻擊的架勢，氣勢不輸對面的內境人士。不得不說，現在這幕就好像電影裡女特務保護平民與恐怖分子對峙的畫面，只不過我並不算平民，劉彥霓才是。

「只是想邀請妳們到我家坐坐而已。」深藍色長袍忽然變大罩住我們，把我和劉彥霓細在一塊，劉彥霓此時還貿然地跟長袍搏鬥——

「啊！彥霓！」只是狹窄環境下，她的拳頭再厲害，遭殃的也只會是我的臉。

「對不起——」長袍不知用上什麼原理，形成一個圓將我們兩個包覆在內。為了避免再打到我，彥霓很乖地不再盲目出拳，而是安分與我一起待在長袍球裡。雖說外表看起來很安分，但我可是很認真地思考要如何應對……包括可能出現的對話。我最擔心的就是二話不說，直接綁上電椅拷問的那種。我是相信自己能撐過所有的酷刑——我可是作為病人在加護病房躺過一個月呢，該經歷的都經歷過了。由於那糟糕的瀕死體驗，我一成年就把放棄急救同意書簽起來放著。

我只擔心被我拖下水的彥霓而已。至於會不會有生命危險……如果人死了就什麼都問不出來了，而且我相信內境的醫療技術。據說不是老死或病死而且還沒被黑白無常帶走，就有一線生機。

……那麼如果拿彥霓來威脅我呢？這應該是最糟糕的情況。

我會為了自己的直屬學妹出賣冥府嗎？可怕的問題一閃而過，卻徘徊在心中不散。

我望著兩年不見的直屬學妹從長袍中被放出來後，敲打鐵欄杆和綁匪對嗆的背影，忽然猶豫了。

不行，彥霓是人類，我早就決定不相信人類不是嗎？救了她卻將冥府置於危險之中值得

嗎？

可是……

我甩了甩頭，決定暫時不去思考這個問題。專心想怎麼逃脫吧！只要離開這裡，就不用煩惱這個電車難題。

為了避免看起來太冷靜，我躲在牢房的角落蜷縮著，降低內境人士的戒心。

「你到底是誰！這裡是哪裡、你想對我們做什麼！」

「唉唷，美女很凶啊！眼神很可以，有沒有男朋友啊？」綁我們過來的內境人士應該是個變態。他不僅出言調戲還伸手妄想吃劉彥霓的豆腐！只不過把劉彥霓當作一般的女生就大錯特錯了，她不只眼神凶，就連行動也很凶殘，差點就把那隻鹹豬手的手指咬了一根下來。就算免去了斷指的命運，但內境人士輕甩著如噴泉般噴血的手指畫面還是讓人在心底鼓掌。

咬得好啊！

「看來是不喜歡拐彎抹角的朋友，這樣我們也省事多了。」內境人士……姑且稱他為變態大叔好了，因為我有預感等等會出現別的內境人士，一直這麼叫遲早會混亂。變態大叔忽然表情變得凶狠，聲音也有點逞凶的成分混入，「妳們這兩個有陰陽眼的，最近有看到一隻綠色的鬼嗎？他穿著黑色滾紅邊的官服，鞋子踩得有點高。」

是明廷深。會這樣子問，是因為明廷深已經成功逃脫了嗎？

「先不論世界上有沒有鬼，我們這裡沒人有陰陽眼！就算有，我們也不會回答你的問題的！」

不，應該是被目擊到我跟冥官走在一起，所以才把我抓過來。帶上彥霓的原因我就不清楚了。不然大可以好聲好氣地問話。況且多抓一個人對綁匪而言是一個負擔，一個人失蹤和兩個人同時失蹤所引起的騷動完全不一樣。就算是內境，要把消息全部壓下應該也有困難……吧？

「沒關係，我們有的是時間讓妳慢慢回想。不過，我們隊長回來的時候，他一定會逼妳們想起來的——」變態大叔勾起嘴角，故作俏皮地吐出剩下五個字，「用任何方式。」

很噁心，不管是我還是彥霓現在大概只想一拳揍下去。

所謂的「任何方式」應該是魔法了。沒有現在就逼供，大概是被交代過要等所謂的「隊長」回來……會被下這種命令的話有兩個可能性：實力不夠、或者他並不被上頭信任。端看方才那貪婪望著彥霓的眼神，後者——不，兩個都有可能。

作戰計畫雛型在我心中緩緩成形，以彥霓最近黏著我的程度，她會配合我的演出，但成功率並不高。美人計終究還是太老套了，稍微有點腦袋的都不會中招。端看沒有傻傻地回答名字和來歷這一點，變態大叔的智商恐怕還有平均以上。我又不想讓為了逃跑讓彥霓脫衣服……

彥霓精緻的臉孔轉向我，有點焦急地往在牢房深處的我走來。

「學姊……」

「不用擔心，我們能出去的。」我柔聲安撫道。不要忘記帳篷裡頭還有個冥官呢！元奕容應該很快就會發現我不見了然後冒險向冥府求助，況且冥府的人馬已經在支援明廷深的路上了，用上拖延計畫一定能夠盼到救援。

思考著作戰計畫的同時，我沿著牆壁邊摸邊敲，一方面多餘的動作能夠幫助自己思考，一方面也是抱著渺小希望能夠敲出個比較薄的牆面……

我敲到欄杆與牆面的交界處時，為了不被看起來很不自然，我特地沒有避過飄在原地不動的遊魂，右手逕直穿了過去。冰涼的感覺自我手臂傳來。

「學姊……妳可以先離開那邊嗎？」

「為什麼？」別關心我這邊好不好！要努力偽裝自己沒看到這兩隻感覺就是餓死的遊魂很累的啊！

「……拜託啦，學姊……沒有任何理由，就相信我一次？」

「彥霓，妳今天真的怪怪的……」我回頭看和平常很不一樣的學妹，摸索牢籠結構的手一把穿過鬼的腦門，同時彥霓美麗的臉孔扭曲了起來，她咬緊牙關忍住不出聲的表情──

幹，該不會──

「妳看得見！」我急忙撤離欄杆邊緣，抓住彥霓的衣領壓下聲音說：「妳不是跟我說妳看不見嗎！什麼時候開始看見的，糖廠的時候嗎？」

「原來學姊妳也看得見嗎？真的不是我的腦袋出問題了？」彥霓先是驚訝得瞪大她的水亮大眼，然後放鬆地吐了一口氣。

……放鬆妳媽啦！看得到就等於妳快死了好嗎！不是，被彥霓知道我有陰陽眼真的是好事嗎？

「佳芬，我有聽說妳『看得見』喔！『好兄弟』長什麼樣子可以形容給我們聽嗎？」

「佳芬我跟妳說，我報名了影片比賽。我想要拍一部恐怖片，跟別人的作品比較不一樣。妳有什麼鬧鬼景點可以推薦給我們嗎？」

「佳芬啊，妳確定這裡有鬼嗎？妳該不會騙我們的吧？」

……

………

「……救我……」

「幸珍……盈馨……明秀……」

「……不要丟下我……」

這段不愉快的回憶跑馬燈他媽的來得還真即時。

——果然不應該讓人類知道我有陰陽眼。

「既然被妳發現了，我也只好加快速度了。」我記下手表的時間：晚上九點十六分。只能修正半小時內的記憶這個限制蒼藍提醒過很多次了。如果要讓劉彥霓忘記我有陰陽眼這件事情，就要在半小時內成功呼叫我們的肥宅道士來幫我的直屬學妹洗腦。

那麼就回歸本職吧！不是指急診護理師，也不是指冥府心理諮商師——

而是無牌無照的心理諮商師。

我來回敲打著鐵欄杆，金屬敲擊聲在整個空間迴響著，再加上狹小的空間產生的回音，要多吵就有多吵。再加上長期在醫院從走廊頭喊到走廊尾端的超大嗓門，我就不相信無法把那傢伙喊出來。

「喂，變態大叔！我想起來你剛說的鬼了！」彥霓正用「學姊妳還好嗎？」的表情看著我，如果不是我現在的喊叫聲愉悅到很詭異，她大概會過來摸我的額頭看有沒有燒壞腦袋了。

「——過來一下好不好啊！除了你說的那隻，我還想起了好幾隻呢！」

我要在三十分鐘內用一張嘴讓變態版奇異博士倒戈。

一番噪音之後，變態大叔果然出現在牢房之前。在提供情報這個誘惑下，人要不出現都很難。

「妳說有見到那隻鬼，在哪裡？」變態大叔果然對明廷深的情報感到好奇，原因為何就不得而知了，說不定跟獵殺冥官的豐厚賞金有關。我是可以套套話試試看，但在進行所有諮商的前提，最基本也是最關鍵的東西要先具備：一個好的環境。

要他幫我找一套桌椅或沙發和茶几再加上一壺茶實在太難了，那就做到最低限度的「平等關係」。

「不要這麼凶嘛！搞得好像我是犯人一樣，還把我這樣關著，是你要找我們要情報的不是嗎？」

「所以妳不打算配合嗎？」

「我可沒有這樣說。」我馬上否認，「我只是不喜歡隔著鐵欄杆說話而已。你可以選擇讓我出去，或者你進來。」

「妳有沒有認清自己的立場，妳是俘虜——」

「如果你一開始是用邀請的方式，還多送上一杯溫暖的奶茶，而不是這般審問犯人的方法，我一開始就會全說了。最基本的禮貌有沒有啊？」

我擺起高高在上的姿態，我也的確有那個本錢，因為我有他想要的情報……但只有這等程度的挑釁顯然不夠，眼見變態大叔轉頭就走，我立刻拋出手上的壓箱底牌——

「我知道那隻鬼的名字。」

冥官的名字，這塊誘餌夠吸引人了吧？果不其然，變態大叔煞住腳步，靜止了數秒，隨即下定決心地握緊拳頭，欄杆伴隨著清脆的響指如窗簾般滑開，在他踏入之後立刻關上。

幸好沒有用美人計偷鑰匙，因為根本就沒有鑰匙。

雖然「魔法開門」的畫面並不讓我意外，但我還是稍微挑起眉毛，假裝有點驚訝的樣子，以防被懷疑怎麼太過鎮定。我席地而坐，輕輕拍著旁邊的地板，把平常我會對個案做的「營造親切感」的舉動做了一遍。變態大叔很配合地坐了下來，但仍跟我稍微保持距離。不自然抱胸的雙手，其中一隻應該握有武器或符咒類的玩意兒。

「快，名字給我。」

「你就不能先自我介紹嗎？還是你希望我一直喊你『變態大叔』——欸，不能生氣喔，我只是想要一個名字方便稱呼，這很合理吧？」

變態大叔原本要破口大罵的嘴定成一個圓，最後爽快地給出了兩個字：「約翰。」

絕對是假名。

「明廷深。」

「什麼？」

「我說那隻鬼的名字叫明廷深。就是那個身高有點矮還踩著高跟鞋的鬼，他穿著黑色中式古裝，領口和袖口滾著紅邊，配著一把長劍。因為長得很帥所以我有多瞄幾眼。」我本來就沒有打算給出明廷深的真名。但這三個字依然讓約翰一陣狂喜，他拿出筆記本想要記下，卻發現自己無法猜透是哪三個字，扭頭看我的樣子一副就是我會提供的感覺。

「我不知道啊！你覺得那隻鬼身上會有掛名牌嗎？我也是碰巧聽到別人在喊他才記下的。」

「別人？有別的冥官──我是說，有別的鬼嗎？」

「鬼喔……另外一個我只看到一次。那個明廷深來到東部之後他就在我們附近一直繞。」

「絕對沒好事。冥官都是冥府的走狗──」

「是嗎？可是那位冥官路上可是降伏了一隻要攻擊我們的紅色鬼──」話語至此，我的額頭被反應激烈的約翰亮出的手槍頂住了額頭。他為何反應這麼激烈我無從得知，但突然被手槍指著的畫面絕對觸動我直屬學妹的神經。

「學姊！」

「敢過來我就把這婊子的頭爆掉！」約翰迅速上膛並把食指放在扳機上，絕對珍惜我生命的劉彥霓一咬牙，只好乖乖地退回牢房牆角。她可沒有把握自己的身手能快過手槍擊發的速度。

約翰抽出手槍威脅我的這個舉動倒是幫助我了解一個事實：這傢伙的魔法沒有子彈快且有效。講白了，子彈就只有殺人的作用，在拷問時並不是優秀的刑具，畢竟拷問對象死了的

話，情報也就跟著被帶入墳墓了。但魔法配合不同的咒語和道具應該有千百種用途，而用於拷問的魔法必定存在於這世界上，只是眼前這位變態大叔顯然不會用。

魔法能力明顯比蒼藍低——不，可能比之前遇見的尹先生還要低下。對應前面的可能性，「約翰」應該是真的能力不足才被他的上司留在原地當個看守。沒有堅定意志遵守上司命令就自己先開始問話，則代表他急於表現自己的用處，是個底氣不足的人。這種人通常容易被煽動，簡直是個絕佳的實驗品。

二十八……不，應該超過三十了。因為人生三十是個檻，超過三十卻一事無成，還被上司留下來看守囚犯不給上前線，心裡想必很煎熬。

嘖嘖，面對女生還要用人質來威脅，到底是知道我們家劉彥霓是武林高手所以很謹慎才拔槍的呢？還是這位外表看起來很剽悍的大哥連正面打贏女生的信心都沒有呢——不對，一開始槍口對準的是我，因為我反駁了他的話。

所以是覺得我對他有威脅嗎？

「妳站在鬼那一邊嗎？」

我與你一直以來的認知背道而馳，所以才對我那麼凶嗎？

「你是人，問我話卻突然拿著槍對準我的頭，不覺得這樣很野蠻嗎？」我冷靜地說，但文字間儘量夾雜一點害怕的顫抖，「你也是可以開槍，我死了就沒人繼續提供明廷深的消息。但在忽然能看見鬼的這幾天，我看見的是他驅逐了要攻擊我們的鬼，而你這個人類則想要殺了我和我學妹。」

「妳們提供的資訊將會協助我們人類對抗冥官，將人類從冥府的威脅中拯救出來，我們不能放過任何一絲線索——」

冥府的威脅？冥府不就是自己在地底玩自己的，在人間也只有引渡遊魂和抓拿怨魂的功用，如何構成威脅？但我現在很忙，這句話我先記著，有機會再套話。

「所以就抓了我和我學妹嗎？標準是什麼？為什麼抓我們？提供情報沒有給賞金至少也要說聲謝謝吧？你現在則是拿著槍威脅我！我是不知道冥府什麼的對人類有什麼威脅，但你威脅到我了，而我是人類！」情緒伴隨音量一層一層疊加上去，再把不解與恐懼全部灌注在最後的嘶吼。

單純用文字就操控別人的思想太虛幻了，我不像內境人士一般有魔法，所以只能利用情感和肢體語言構造一個完整的演出，要在半小時內逃出且聯絡上肥宅道士幫我修正記憶，我就得這般全力以赴。跳針也沒關係，重點是要讓他聽進去。

雖然只有一瞬間，但我瞧見了約翰的眼底閃過一絲動搖，但很快又消失得無影無蹤。

繼續跳針嗎？但過於冷靜的對話會不會起疑？前面還能說我少根筋膽子大在那邊胡言亂語，但被槍指著的情境下一般女生應該早就嚇傻嚇昏了，還能在那裡講一堆話嗎？我接下來

要扮演怎麼樣的角色？約翰沒有動作的幾秒間，我只能用恐懼且不服氣的目光瞪著眼前的男子，腦裡迅速分析怎麼樣的選擇對自己的情境最有利。

最後，我決定用女人的軟弱為這段演出畫上句號。

「現、現在——你可以先把槍從我、我頭上移開嗎？」又是吸鼻子又是結巴，再添加一點點的泣音，要起到不被懷疑對話的目的，就只能從方才因為驚嚇而胡言亂語的瘋女人，轉換成了解自己處境後擔心受怕的弱小女子——也很剛好的我的身高與弱小女子相符，說服力很高。

移開、移開、移開——起了惻隱之心移開槍口的話，這一連串對話不需要等到最後，就篤定是我的勝利了！還不移開嗎？我有瞬間擠出一兩滴熱淚的演技嗎？

抵住額頭冰冷的感覺消失了，我呼了一大口氣，緊繃的肌肉也放鬆下來。這一部分我根本不用演，因為方才只要我走錯一步，下一秒來接我的就是黑白無常再加上這個月待在他們身邊的宋昱軒了，這可不是我想與他們巧遇的方式。

我不是沒考慮過把約翰殺了然後直接向前來銬靈魂的黑白無常求救這個方法。但內境認為他們抓到的是兩個平民，「被黑白無常順便救走」怎麼看都不像平民能得到的待遇——但現在根本不用考慮到那邊了。

我專心把人搞瘋就行了。

雖然前面的鋪陳很冗長還一直跳針，但我覺得是必須的，因為不這麼做根本帶不出接下來的諮商。但我接下來的諮商跟平時得很不一樣。

我一般進行的心理諮商都是點出問題後，提供轉換思考模式的方法，現在要做的則是挑他人生的痛點狂戳，讓他陷入憂鬱、絕望，最後一蹶不振，徹底懷疑自我和世界。

反向諮商，我是這樣稱呼的啦。動漫和電影看過不少次類似的話術操控，但那幾乎都是建立在了解對方為人與過去，然後就說一長串挖掘暗黑記憶的話最後拉攏過來。現在就敗在我根本不知道「約翰」的過去，我對他人格特質的理解只在這短短的十分鐘，還要控制在他不會突然拿我洩憤的程度。

……不對，我不需要了解他啊？用我的「不了解」去說他好話，每一句好話卻都在影射他人生的失敗不就行了嗎？我甚至不需要知道他的人生多失敗，只消一直捧他就好了。那麼接下來要扮演的角色就是「天然黑的傻大姊」了。無心傷人誰不會呢？

「謝謝你，我就知道你是個好人。你會用那麼粗暴的方式對待我們，一定是隊長的指令吧？」我柔聲道，果不其然約翰的身體震了一下，面對意外獲得跟事實完全相反的正面形象感到不自在。真是好懂的人，肢體語言全然外顯在外，不知道自己現在每一個動作都成為接下來我的作戰計畫。

在前一段跳針對話製造的罪惡感下，約翰撇開視線，發狠丟下一句：「不要以為妳說我

幾句好話我就會放妳出去。」

「不會嗎？那要怎樣你才會放我們出去？我已經把我們所知道的都說了——」

「至少要等隊長回來——」

「隊長很厲害嗎？大哥你看起來也很厲害，也很老練的樣子，你不能自己決定事情嗎？」

他又重複了一次，「等隊長回來再說——」

「啥，大哥你也太沒種了吧？什麼事都要隊長同意……大哥你該不會是最底層的職員——」

「閉嘴！」約翰煩躁地大吼一聲。他的反應也在我的意料範圍，他緊握著他的藍色長袍衣角，低下頭的目光不由自主落在胸前口袋上唯一的一條槓，簡潔到一個徽章和花紋都沒有。現在回想起來尹先生制服上的槓是有徽章的，甚至連他那天從我們急診室帶走的重傷朋友都有顆火焰般的紋飾。雖然不知道各種裝飾的涵義，但空白就是輸人一等吧？

「那個……對不起……我不知道我說錯了什麼……」我乖乖的認錯，後面還繼續補刀，「我只是覺得大哥看起來很厲害，可以讓外套飛起來，還可以讓鐵欄杆滑開，就像電影裡的魔法師呢！」我帶著些微憧憬，雙眼發亮地看著約翰，「魔法師感覺就很強，什麼事用魔法都能做到——唔！」

約翰突然揮出一拳，拳頭正中我的臉龐。

我細細品嘗嘴裡鮮血的味道，心裡並不生氣，反而是在思考著：哎呀，被揍了呢！脾氣比我想像的更差一點。通常這種時候我都直接被蒼藍不知不覺噤聲了，物理性的閉嘴還真沒有體驗過。

「閉上妳那張爛嘴！」只見惱羞成怒的約翰漲紅著臉，吼完這句之後大口吸氣，繼續口水狂噴開罵：「妳什麼都不懂！妳給我閉嘴！」

「好，我不說我不說，」趁機再給一擊好了。我大聲喃喃，故意給他聽了去，「這麼凶的男生一定找不到對象——」

右臉又是一拳，而且還被掐住脖子壓在地上。這個時候我就怨恨自己只是一個弱女子了，他單手就足以壓制我，另一手給我一拳又一拳。

這個反應不大對，但我發現的時候已經太遲了，就只好挨點拳頭當懲罰了。究竟是變態大叔本身脾氣就比較易怒呢？還是真的有什麼隱情？

我忽然發現自己被揍的同時腦裡還能冷靜分析，不禁佩服自己起來。不過，再被打下去沒有死大概也會昏過去了，到時腦子再好也沒用。快點說些關心的話溫暖一下人心，說不定就對我敞開心房——

忽然，一隻白皙勻稱的小腿進入我的視界，膝蓋給予約翰的太陽穴狠狠一擊！約翰被踢了出去，很快就又爬了起來。他往自己的口袋一摸，不管他是企圖掏出什麼武器還是法符都

快不過劉彥霓的動作。劉彥霓就如同閃電一樣出現在約翰眼前，出拳速度快得幾乎只剩下殘影，所幸那一次武鬥大會看了許多冥官之間的戰鬥之後，眼睛稍微還跟得上。只見彥霓在上腹胸口和臉各打出一拳，然後一牽一帶手腳並用使出了柔道的技法，把一個成年大漢丟了出去，約翰就倒在地上不動了。

快到我連阻止都來不及。

「彥霓！」

「學姊，妳還好嗎？」彥霓在我出聲之後立刻從武林高手變回過度關心學姊的直屬學妹。有個保護學姊意願如此強烈的直屬學妹我理論上要感動到哭出來，但我現在只有氣到快哭出來！

「妳把人家打暈幹嘛！」我直接崩潰開吼：「人昏過去了我們是要怎麼離開這個牢房！妳沒看到他剛剛怎麼用魔法開門的嗎！還是妳要跟我說妳會魔法？媽的我前面的口水都白費了，妳知道一步一步把人引誘進話題情境再加以操縱是很累又很煩的事情嗎！」方才耐著性子和噁心的內境人士說話，眼看快要成功了，忽然就被彥霓全搞砸了，所有的拳頭都白挨了！約翰應該會是很容易被操縱的對象，但聊天之中忽然被打到斷片，醒來的時候最好還有意願進行對話啦幹！

「學姊，難道說……妳是故意被揍的嗎？」

「廢話！妳以為我有被虐傾向嗎？還不是為了帶妳離開！幹恁娘的現在怎麼辦，等等被發現守衛倒在牢房裡看守只會更嚴……」我一邊發著牢騷，一邊煩惱著下一步。眼下半個小時時限只剩下一半，唯一能夠帶我們離開的人卻在地板上一動也不動。不管是趁著約翰神智不清時叫他幫我們開門還是用槍要脅他，都得等到人醒來了再說。但誰知道人什麼時候才會醒來啊！

還有冥府這次的救援也來太慢了吧！莫非真被擋在了外面，還是他們找不到我的囚禁地點？

煩死了，什麼都不知道就只能這樣乾等嗎？手機和錢包也早被搜括走了，連冒險聯絡冥官的方法都沒有，又擔心透過喚名叫來的冥官會和我一起被關在這裡……

算了，我決定放棄，就讓劉彥霓記得我有陰陽眼也沒關係了，不要讓她知道我是冥府心理諮商師就好。再更積極的作為只會讓我的嫌疑更大。最多離開這裡之後劉彥霓問起眼睛的部分就騙她說我已經看不到了，矢口否認也是個辦法，倒是趁著人還在昏迷中搜刮一下他身上能用的東西好了。

「學姊，這樣真的好嗎？」

我反問了一句：「妳把人家打暈成這個樣子真的好嗎？更何況我又不是趁機搶劫，我只是在保護自己。」

無法反駁的劉彥霓並未說話，只是湊到我身旁，一起幫我把約翰的衣服一件一件扒下掏空。槍自然歸我手上，其他我無法使用的魔法素材則一律被我丟到了鐵欄杆之外。

「有把瑞士刀，這給妳吧！刀子妳會用嗎？」

「我沒有學過刀子……」

「將就一下，我也很希望有長槍或者太極劍給妳用。來，坐過來鐵欄杆這裡，這樣子他打開鐵欄杆離開的同時我們就有機會跑走了。」

劉彥霓一面從我的手上接過瑞士刀，但動作稍嫌遲鈍似乎有點遲疑，看我的眼神也與她把約翰打暈之前不一樣了。之前的話比較偏向「崇拜」，現在則感覺「敬畏」的成分多了一點。

與我保持的距離也多了那麼一點。

我模仿著電影裡看過的畫面拉動滑套上膛，嘴巴上直截了當地問：「問吧，妳想問什麼就問。我們在這裡還需要一點時間。聊個天也無妨。」

「學姊，妳怎麼可以如此冷靜？妳冷靜到……我會害怕。」

彥霓似乎只想要說到這裡，但我用眼神鼓勵……「命令」她繼續說下去。她抖了一下，長久以來乖順的她不需要再有任何誘導就全招了。

「學姊被抓進來的時候就躲在牆角……但其實我有發現，妳很認真地在觀察整個牢房，觀察我跟這位先生的互動。跟這位先生講話的時候也一樣，整個人的感覺都變了，好像套用了另外一種人格，連吼人的方式都不一樣……甚至學姊妳被打的時候，我有看到妳是笑著的……」

「學姊妳該不會……」彥霓吞了一口口水才勇敢地說出她的假設：「……很享受操縱人心的過程吧？」

「呵，」我輕輕笑了一下，「妳覺得呢？」

一般而言，頭部創傷昏過去的病人不會昏太久，不是很快就醒來就是需要很久才醒得過來了。約翰雖然看起來被摔得很慘，但一下子就醒轉了。

「不好意思，可以幫我們開門嗎？」

「妳在說什麼……」

趁著腦袋混亂的時候騙他幫我們開門果然不管用啊……約翰的手摀住疼痛欲裂的後腦勺，意識還有點模糊。但他在看到自己近乎全裸的身體後所有記憶都回來了，無奈身上只剩下一條內褲的他根本沒有武器可以用。他用空空如也的手掌對著我，我也用他自己的槍指著他。

「別亂動。我不知道你的魔法有沒有比子彈快，但我很有實驗精神。我不介意試試看。」

不入流的魔法師自然沒有比子彈快的施法速度，約翰放下平舉的手，眼神卻沒有鬆懈的意思。

……不對，我怎麼知道不入流的魔法師施法速度不如子彈？我見過的內境魔法師沒幾個……這是誰告訴我的？

大概是蒼藍吧……先專注眼前的事情，大好機會不要分心了。

「對不起，我別無選擇。」我讓自己的聲音染上悲傷，「我真的很想保護我的學妹。」

「嘖，」約翰完全不買帳，「聽妳在胡扯！妳的學妹剛一出手就把我打暈了，這等體術還需要妳保護嗎？」

「我是學姊，就算沒什麼用也要來幫學妹壯膽一下。我也想當個有貢獻的人，推後輩出去當擋箭牌實在不是我的風格。」光說這一句是沒有用的，勢必要再加上一記重擊。

「想必你也是一樣。」

沒有強求一定要在半小時內讓約翰倒戈的話，那就用比較緩和的方式聊天諮商吧？反正聊天得到的資訊說不定之後都會用上。誰知道，約翰這次學聰明了，一個字也不願意再說。但我應該有說進他的心坎裡，因為他的眼神游移了一下。

沒說話我也是能夠繼續進行諮商啦……但這樣下去真的有意義嗎？我仔細聆聽，除了我們三人的呼吸聲之外就再也沒有其他聲響，也不知道冥府到底什麼時候才會出現——

就當作消磨時間吧。不然真的什麼事也做不了，也不能睡覺——跟著綁匪關在同一個牢房是要怎麼睡覺？

我嘗試打開話題，「你的隊長好慢喔……他真的會來嗎？」

約翰還是沉默不語，應該是有受過被俘虜時要保持沉默靜候救援的訓練，明明剛剛話那麼多。不然要多話的人閉嘴是一件很痛苦的事情，就像我一樣。

「你真的不打算放我們出去嗎？我的同事們應該在找我們。兩個人不見一定會報警的，會鬧上頭版的喔！」我又試探了一下，約翰的嘴唇閉得跟蚌殼一樣緊。

話鋒再轉，「如果你有想要宣洩的心事，我很願意當作消磨時間聽一聽。」都講到這個分上了，我自己也有點半放棄狀態了，這大概也是我的最後一招了。接下來再說什麼話都只會提高自己的可疑程度。

看來真的只能等救援了。我的手指依舊扣在扳機上，毫不鬆懈，倒是劉彥霓一直往我這邊靠。

「學學學學姊……他往我們這動了……」以一個武林高手來說，劉彥霓的膽子真的不大，一隻遊魂也能抖成這樣子。我只是若有似無地瞟了一眼確認遊魂身周沒有發出紅光後，便把注意力放回約翰身上，卻發現約翰露出恍然大悟的神情。

我做錯了什麼——啊！

他張開嘴巴唸咒的同時，我也知道自己露出了破綻，毫不猶豫地朝他的大腿開了一槍。近距離射擊的子彈高速穿過他的大腿，濺起一朵血花，空氣瀰漫著白煙，還有種與煙火相似的味道。此時旁邊還有可愛的學妹大驚小怪的尖叫聲，但這也自動被我過濾了。

……幹，面對遊魂的我太冷靜了，根本不是這幾天才得到陰陽眼的人該有的表現。有劉彥霓在我身邊當比較組，白痴都看得出來我有問題。前面的演技和努力全數功虧一簣，只因為我看鬼看到無感了。

「啊啊啊——！」咒語被打斷，殺豬般的慘叫聲在牢房迴響著，但我並不會因為他看起來很痛苦而停下動作。我再度上膛，這次目標是他的右手。幾乎同時，我的上方有黑影籠罩，握有瑞士刀的彥霓立刻上前掩護，幫我把那件會動的深藍色外套切成碎片。

怕我歸怕我，有需要的時候還是會救我啊？跟我一起被抓的是這個直屬學妹真的太好了！換作是別人，看到飛起來的外套就先愣在原地了更何況拿刀和外套拚搏。就算彥霓可能不會記得這件事，我回去也要請她吃飯！

「操妳媽的——妳——」

「開門。」我完全不給他任何說話的機會，反正現在占優勢的是我和彥霓。

「如果我不開呢？」

「裡面還有五發子彈，」我拿到了之後可是冒著走火的危險退出彈匣檢查了一遍，確認它就是一把再普通不過的手槍以及裡頭剩餘的子彈數量才拿來防身。「我不會像電視上演的都打在手腳這種無關緊要的地方。下一發就是腦門，必死無疑。」為了讓我的說詞更有說服力，槍口從右手移開對準他的額頭。

「妳還是人類嗎！我、我還有老婆和小孩等著我回家——」

「別騙了，你沒有老婆和小孩。最適合形容你人生的兩個字就是『失敗』！年過三十了沒結婚還在到處玩女人，但也沒有一個固定的女朋友吧？魔法師應該也當得很沒成就感，每天就守個門掃個地的感覺如何？學得一點魔法就放棄了老百姓的生活方式，現在也拉不下臉去做一般人類的工作吧？喔對了，一個『大魔法師』竟然愚蠢到讓自己和囚犯一起困在大牢裡，還被兩個二十幾歲女生威脅得只能光溜溜地坐在地上投降。你確定這種事情傳了出去你還能在內境立足嗎？會被笑一輩子吧？」

以上一大串都是我在鬼扯，說中多少不是重點，重點是不能讓他多話。我的心志堅定不會被影響，反正就是個惹到我的內境混帳，需要開槍我自然會開槍。但如果他的話語使得彥霓換邊站的話，我就會陷入最壞的狀況。畢竟現在的畫面我比較像壞人。

我繼續挖苦道：「怎樣，有什麼想反駁的嗎？如果沒有的話就幫我開個門。我會很感謝你，你之後也會感謝我的。」

「感謝妳什麼？讓我趕緊去投胎嗎？」

「感謝我的這一番話改變了你的人生。」天外飛來一句理應在心靈雞湯出現的話讓他愣了一下，我卻秉持著不能讓他說話的原則長篇大論下去：「全被說破了很不甘心吧？之前應該都沒有人這麼犀利地點出你的錯誤或缺點。從父母、老師到同事都包容著你的弱小，自動幫你找藉口，排任務的時候用各種藉口把你安排在二線。你從來沒有想要面對現實，妄想著以後用年資疊加總有一天一定能上前線。但很抱歉，殘酷的現實在這裡告訴你你連兩個普通女生都打不過。很挫折吧？覺得自己一無是處吧？終於認知自己的弱小就站起來，這個事件就是你變強的契機！」

幹，講得太激動了結果職業病犯了！明明是要削弱敵方戰意，被我這麼一說約翰的戰意還不爆表？但說出去的話就像潑出去的水，再後悔也收不回來了，只能硬著頭皮順水推舟下去……

「如何？你打開門放我出去，等你有辦法殺我的時候再來找我。先說明，我可不會輕易投降的。」

這個以命相搏的條件彥霓完全不認同，但她很識相，除了倒吸一口氣之外不再有任何評論。

鐵欄杆在我身後滑開。

約翰如同電影裡的反派離場前一樣撂下狠話，「妳給我記住，我一定會去找——」

「砰！」

約翰的話還沒有說完，胸口就被我打了個洞。他不可置信地望著我，似乎還想說些什麼「妳給我記住」之類的狠話。我才不管他胸口是否正在大量冒血，抓緊時機立刻抓起劉彥霓的手在鐵欄杆關上之前離開牢房，拔腿就跑。

「學姊、學姊——」還沒離開關押我們的建築，劉彥霓用力甩開我的手，驚恐地望著我，「妳殺了他……」

「白痴嗎！我瞄準的是右胸沒有打到心臟！以他們的治療技術，不出三天他就會活蹦亂跳地到處找我了！最多帶妳逃出去之後我再自首！」或許是兩個俘虜橫看豎看都不像潛藏在人類社會的魔法師，警備異常的鬆懈，關押我們的地方再沒有多餘的門鎖，憑著直覺爬上樓梯打開頂頭的木板門後，赫然發現自己置身在森林中央。關我們的地方就只是在森林地底下的一個基地，入口就隱藏在腐爛的樹葉底下。

現在該往哪裡走呢？手機和錢包早就被那件會動的外套沒收走了，出來的時候也沒見到。現在大半夜的，不會星象的我連東南西北都看不出來，我們甚至連個手電筒都沒有。就算待會兒日出了確定了東南西北，我又能確保往哪邊走就能獲救嗎？亂晃並非上策，待在原地也不是什麼好主意……

「那裡有東西在動！」彥霓指向我們的左手邊。我瞇起眼睛，的確有個身影正朝著我們

的方向前進，更該死的是，他穿著的是內境魔法師的深藍色長版外套。

可惡，好不容易逃出生天，現在又要被丟回去鐵欄杆後面了嗎？

突然，那個身影發出了微微的綠光……

「不要害怕，是我。」

天啊，我有生之年竟然看得到冥官穿內境的制服這種不協調的畫面！內心讚嘆之餘，我還是得先確認一下身分，「上次你為什麼來找我？」這句話說得很含糊，因為我不能洩漏一丁點的訊息給內境。

「為了我兒子陰陽眼的事情。既然簡小姐還有力氣確認我的身分，想必是沒有受傷吧？後面那一位小姐如何呢？」說話的同時，元奕容把身上的綠色微光消去，看上去就和一般人類無異。

「我們沒事。」有事的是那位變態大叔。

「你有手機嗎？我打個電話。」我嘗試問道。雖說冥官與電器相性不符眾所皆知，但元奕容都在人界打滾那麼久，想必身上會有一支手機吧？果不其然，他從口袋掏出了一支貝殼機。

「我只能用得了這種。」他抱歉地說。雖然款式舊了點，但總是聊勝於無。而且自從上次唐詠詩事件之後，我就把蒼藍的電話號碼背起來備用，智障型手機對我並沒有影響。

我按完號碼撥出後，星之海魔法少女活潑俏皮的歌聲意外地在我身後響起。

「不用打了，我在這裡。」蒼藍在我面前按下拒絕接聽的按鈕，看到我就是一副想揍我的樣子。

「佳芬姊，妳以後可以不要亂．開．槍嗎！」肥宅高中生此時看起來極度崩潰，表情看起來像是想把我拆了，「我聽到冥官慌張地跑來跟我報告時，我直接嚇爆！都快以為他在說謊了妳知道嗎！妳真的是一般人類嗎？正常的人類不是被嚇到哭得唏哩嘩啦，就是乖乖待在原地等待救援吧？妳不僅跟綁匪玩心理戰，還差點把他給殺了！」

所以剛剛我在牢房裡全程都有冥官在監視，只是他們不知道什麼時間點切入趁亂把我劫走／救走比較妥當吧？

但我是個自立自強的小女子，自己用一張嘴就逃出來了，對此我無比的驕傲。

「我是冥府的心理諮商師？雖說是人類，但離『一般』兩個字應該有點距離。」至少我確信一般人類不會有陰陽眼。

「妳就只是一個二十五歲的護理師，真的惹怒內境了妳要怎麼扛？家人、朋友都會有危險——」

「行了，別念了！人不是還活著嗎？以你的能力，人應該有救活吧？」我只是「差點把人給殺了」又沒有「真的把人給殺了」。

蒼藍徹底眼神死，「我真的後悔認識妳了。」

正好相反，我一直都覺得能夠認識這個肥宅道士真是上輩子有燒好香。亂搞事都有人幫我收拾爛攤子。而且，既然他們不願意讓我知道更多內境的事情，那麼我就一直能夠用「我不知道」這個藉口當擋箭牌，誰也拿我沒辦法。

對我隱瞞太多不是好事，尤其我的個性跟「安分守己」大概會有一段差距。

「送我回去吧！記得幫我把學妹的記憶洗一洗，她知道太多了。」

「學姊，妳——」真是抱歉啊，蒼藍雖然外表笨拙，但行動力高得很呢！彥霓話還沒說完，立刻就像斷了線的人偶一般向後倒下。在後面預備好的冥官接住昏迷過去的彥霓，將她輕輕放到地上。我則是靠在樹上靜靜地等待著他們的下一個動作。

……

……嗯？怎麼沒人動作？

「你們在幹嘛？不把我送回去嗎？」

蒼藍忽然丟出一個空泛的問題：「妳都不問嗎？」

「問什麼？」我反問道。

「為什麼我會出現在這裡、元奕容為何穿著內境的制服、到底發生了什麼……之類的？」

「我問了，你們會回答嗎？」

一人一鬼沉默不語，也算是給了答案。元奕容似乎還想說些什麼，但被蒼藍一個揮手，上下嘴唇貼緊得跟密封袋一樣。

你們不想說，那我也不探究。有一個隨手就可以消除記憶的道士在，不小心被透露太多可能還會被洗腦。那我不如就維持現狀，用自身的觀察力和對冥府的了解去猜測事件始末，能夠保留的資訊說不定更多。

我甚至在猜自己應該曾經被修正記憶好幾次了，只是蒼藍技術太好自己都不曾察覺。

我腳站痠了，「會繼續把我留在這裡，應該有你們的考量。那我們就坐下來聊個天吧！」

「佳芬姊……我們真的是在保護妳……」

「我知道。你們怕我知道越多會越危險，我這次不就什麼都不過問了嗎？」壓抑好奇心也嫌喔？不然我也很想問現在的狀況啊！

基於另外兩人沒人想說話，我便隨便揀了個話題，「你的期中考考得如何？」

「可以不要一開口就問考試嗎！」

「那就是炸掉了。」

「佳芬姊！」

或許因為我問的問題太唐突，也或許他的成績真的很難看，使得備受打擊的蒼藍對周圍放下了警戒，以至於有人從遠方發射麻醉針狙擊的時候，蒼藍絲毫沒有察覺。麻醉劑的劑量

之大，竟讓一百公斤的肥宅高中生雙腿馬上軟掉呼呼大睡，連像毛利小X郎一般搖頭晃腦都沒有。

計算麻藥的麻醉師目測體重的技術真好啊！能夠準確把這肥宅麻倒還不影響呼吸——

蒼藍昏倒之後，樹木之間冒出了許多的白光，白光淡去之後走出了深藍色長袍的人。令人介意的是，那法陣的白光與蒼藍平常用的何等相似，只是蒼藍用的又耀眼上幾分——但我現下最需要擔心的，應該是對準我們隨時開轟的術法吧？

我護在不省人事的彥霓和蒼藍前面，元奕容又伸手擋在我身前。

「元奕容！你竟然協助俘虜逃脫——」

「你們抓了兩個平民，我可不記得我離開時內境是如此野蠻的所在！」

離開？這位偽裝人類的冥官究竟是真的曾經臥底過內境呢？還是只是穿了身內境制服在唬人呢？

「她們怎麼可能是平民！看守的米凱爾都被放倒了，身上還有法術的痕跡——」

喔喔！原來叫米凱爾啊！感謝米凱爾先生的犧牲讓我的人生增添了「槍傷活人」的寶貴經驗。

「對不起，那是我幹的。」冷靜沉著的聲音說道。內境人士四下張望，一時還找不到這把聲音的主人。當我腳邊的肥宅撐住身體爬起，原本對準我的法具和法陣才紛紛轉向我身邊的肥宅高中生。他輕鬆地拍掉身上的髒污，再伸個懶腰，完全沒把全副武裝的內境人士看在眼裡——

「只是路過在山裡散散心，就看見內境墮落成這個程度了啊！雖然很久沒回去了，但之前大聲嚷嚷的『正義』與『和平』看來都煙消雲散了……還是從一開始就只是個宣傳口號呢？」

我不是笨蛋，一聽就知道蒼藍在幫我洗清與冥府和內境有關的嫌疑。我立刻決定乖乖在後面當個什麼都嚇到傻掉的柔弱小女生。

有個人不可置信地道：「怎麼可能，那個沉眠藥水……」

「劑量真的很大，配藥的是把我當大象在打嗎？」蒼藍把肩膀上的麻醉針拔出，這個動作又讓內境人士繃緊了神經。終於有一個人先忍不住，往蒼藍的方向丟了一顆紫色光球。但紫色光球在碰到蒼藍前先打在一道白色火光組成的障壁上。接著發射紫色光球的內境人士在眾目睽睽下昏了過去。

這個昏倒方式我很熟悉，因為我家學妹十分鐘前才被用同樣的方式放倒、清洗記憶。

在場許多人認出了白色火光，大聲驚呼：「是純淨之炎！他是黎家的——」

黎家，這已經是我第二次聽到內境人士這樣子喊出蒼藍的來歷了。但上次蒼藍是否認到底，而這次他連否認都沒有。蒼藍並沒有任何動作，但我能清楚感受到他的視線一一掃過內境人士，怪吼怪叫的內境人士開始一個接一個倒下。我還看到有一些抽出符咒或唸咒語，看

起來是想逃跑，但在蒼藍的法術籠罩之下，沒有一個人逃跑成功。

很快的，森林不再有劍拔弩張的內境人士，因為全部人都睡成了死豬。

此時的森林異常的安靜。我原本以為這樣就結束了，但蒼藍仍舊直視著前方。就在他注視之處緩緩走出一人，右手高舉緊握著符咒，左手則握著一串鈴鐺。他的全身纏繞著與蒼藍相似的白色火光——

「喔？你是黎家的什麼人？」

「這個是我要問的問題吧！」他的大吼給我一種理智斷線的感覺，隨後還是認真地回答：「黎冠宸。」

我慢了半拍才知道他是在自報姓名。蒼藍表面沒有變化，卻輕聲地感慨道：「都到冠字輩了啊……」

我先假裝我什麼也沒聽見。

「同為純淨之炎的持有者，你應該很清楚我無法操控你的記憶。那就幫我帶句話回宗家。」

昏迷的人身旁發出白色火光，就連黎冠宸身上也是，深知是什麼法術的黎家人想要踏出火光的範圍，但終究慢了一步。

「不要為了內境那群權力飢渴的傢伙燃燒性命，完全不值得。」

蒼藍彷彿算準了時間，在他講完後就把所有內境人士傳送走，也把我們帶離原地。

……

…………

下段記憶便是我在睡夢之中聽見同事們慌張的聲音。

我和彥霓最後是在小學校舍內的走廊被找到的。兩個女生在停電時失蹤，最後被發現雙雙倒臥在被反鎖的教室中。而兩人堅稱不知道自己怎麼只是幫發電機蓋塊防水布，卻能蓋到睡在教室裡面——

「一定是被魔神仔抓走的！」江小魚怪叫道，也為我們的失蹤增添不少靈異成分。

「這魔神仔也太暖了吧，怕兩個女生著涼，竟然還拆了窗簾下來蓋在她們身上！」

暖個屁！那窗簾也不知道多久沒洗了！一定滿滿的灰塵。現在想到我全身都會癢。

此時，換回常服的元奕容在一群跟著小魚瞎起鬨的護理師後頭對我輕輕頷首。

謝啦！我用唇語說道，他也一定讀懂了。

另外一位就沒那麼幸運了。

「說。」我敲著符咒加持過的桿麵棍，「那天究竟發生了什麼事？」

就算被我掛在太陽直射的陽台潑聖水幫他降溫，又用加持過的桿麵棍狂毆，穿增高鞋的

冥官始終不肯開口透露一點點情報。

蒼藍對我也避而不見。我也不怪他，因為他這次修正記憶的技術失常了，被我注意到消失的記憶。一般而言，蒼藍不會犯下如此低級的錯誤——由此可證，他把我們帶離原地的時候一定發生什麼事了！

想當然耳，他不想說，冥府也沒人願意回答我。

「唉。」這聲如地獄般深的嘆氣述說了我現下的心情。

「嘆氣會變老喔！」閻羅調侃道，我直接瞪了一眼回去，「再怎樣老也不會比你們老。」閻羅也承認自己年紀不小，敷衍地回應後又回到我嘆氣的原因，「是在煩惱妳被綁架的那件事情嗎？」

「不然？你們什麼都不跟我說，我只好自己瞎猜了。還是你願意透露一點提示？我至少有權力知道我為什麼被綁架吧！」明明來找我諮商的是閻羅，卻變成我巴著他問問題。但他沒打算回答，

「我們先諮商好了，我再視妳諮商的答案給妳答覆。」

「搞什麼神秘啊！不想說就不要說，還說什麼『視情況給答覆』——」自知無法平白獲得答案之後，我只好開始例行性的提問：「你今天為什麼來找我？」

「上次妳給我的金元寶……」

「我什麼時候給過你金元寶——」我話講到一半才想起上回被我大筆一揮寫了「幹恁娘」三個大字的冥紙金元寶，「——你給出去了嗎？」

「他們很生氣。」

「靠夭你還真給出去喔！然後呢？生氣了之後有做出什麼舉動嗎？」

「不就是妳叫我把金元寶給出去的嗎！怎麼那麼意外？」閻羅頓了一下，才回答道：「他們就把我的寶物偷走了。」

我這個時候真的很想打開電腦找出某部中世紀奇幻史詩電影，裡頭有隻瘦骨嶙峋的生物著魔地摸著戒指的片段給閻羅看。那個生物承包了我童年的噩夢，比半身爛掉的鬼還要可怕。要知道，能嚇著一個從小見鬼見到大的人是一件很難的事。

「看你還能在這裡悠閒地和我聊天，想必已經找回來了吧？」

「是啊……幸好沒有受傷。」

閻羅一副疼惜的模樣，不禁讓人好奇那寶物究竟是什麼，但我認識眼前這位黑面殿主那麼多年，從來沒聽說過他有什麼寶物。倒是很確定一殿的變態秦廣王有著一整櫃子的黃書，從古代的春宮圖到現在的女優寫真，凡在狩獵範圍內的一個也不放過。以剛正不阿的形象傳世的閻羅王有什麼樣的寶物也是挺好奇的，總不會是法器之類的吧？

「那麼你對這件事情的感想呢？」

「感想？」他驚異地抬頭，「不是問我接下來的打算，而是感想？」

「你把話說得那麼委婉，我只能多問點細節來協助諮商了。」

講難聽一點就是在套話，但我想人生加上鬼生歷練幾百年的閻羅也知道我在玩什麼把戲。

「要說感想……大概就是很生氣吧？一般人類的情緒應該也會如此吧？」

「除此之外呢？」

黑臉大叔幾度思索，尋找著適當的形容詞，「嗯……無奈？或許還有點自責。」

「先是無奈才是自責？這就有點奇怪了，東西被搶走自責是很正常的，會覺得自己沒有保護好東西才造成被搶走的後果。但你先說出的是無奈，會有這種感覺通常是無能為力時的感受吧？這兩個感受彼此完全矛盾耶！所以是有什麼因素在阻礙你全力保護那個寶物嗎？」

說中了。閻羅把臉部情緒控制得很好，幾乎沒有破綻，但那慢一拍的反應還是被我捕捉到了。

「……那樣寶物不能離開它現在所在的地方。」支支吾吾了一陣子，閻羅才掙扎道出原因，但他一貫地說得很模糊，沒想透露更多。

「不能離開所在的地方卻能被搶走？是在特定地方才能作用的法器嗎？吼——你就不能直接一點告訴我敵人是誰，寶物是什麼東西，確切狀況究竟是什麼……？我口風很緊，為你們諮商那麼多年，你有聽說有任何一個個案的心事外流的嗎？」

「佳芬，妳已經知道得太多了——」

「明顯不夠多啊……你不告訴我的都是關鍵訊息，甚至連敵人是誰都不跟我說，我連題目都看不清楚是要如何給你正確的解答？要我通靈嗎？不然我可以建議你去找黑無常，他還挺會安慰人的。」自己無法幫上忙就引薦別人，如果個案在他處得到啟發那也不失為一件壞事，而且我相信閻羅能夠與黑無常分享的一定更多。

閻羅幾乎是馬上回答「不要」，一臉抗拒。

「黑無常惹了你什麼啊？這麼嫌棄他。」

「有些事情對下屬很難開口——」

「不然白無常……或者其他殿主？你的副官跟你的感情也不差，適時跟她分享煩惱也可以啊，還可以拉近雙方關係——」

「佳芬，我換個問法好了。」他忽然打斷我的話，「如果妳的弟弟和我掉進水裡，妳會救誰？」

我一秒回答：「兩個都不救，我會在岸上幫你們打氣加油——你又不會死，我弟是游泳校隊……你問這什麼奇怪的問題？」

閻羅馬上道歉：「是我不對，我忘了妳弟弟是游泳校隊這件事了……那麼如果我跟妳弟弟被雷劈——」

「我會救我弟。」閻羅貌似對我的答案毫不意外，落寞地低下頭……

「……因為就算是你被雷劈成灰，我也不知道要怎麼救你。但我會打電話給蒼藍叫他想辦法，然後救我弟。事實上，只要蒼藍趕過來我弟也活得下來吧？」

閻羅無奈地說：「妳可以不要思考得這麼認真嗎？還是說這是你們救人的標準流程？」

怎麼說呢，如果被雷劈倒理論上是應該先壓胸再求救啦……所以這個做法其實是錯誤答案。但閻羅已經是死人了，他完全不需要知道正確的作法。

「堂堂殿主問這種幼稚的問題我當然要認真回答。」我故作正經地說：「不過——」

不過……

……

咦？我剛想要說什麼來著？

「佳芬？」

與市面流傳的畫像截然不同的黑臉關心道：「妳還好嗎？」

「……我沒事？我好像忘了剛剛要說什麼了……」奇怪，才二十五歲我就有老人痴呆了嗎？

「妳應該太累了……災難演習回來妳連家也沒回就接著上大夜了不是嗎？那個時候怎麼沒考慮請假？」

「我又沒受傷……」

閻羅只是輕輕一笑，大手忽然伸過來揉亂已經梳好的頭髮，就跟以前一樣……

「喂！我已經二十五歲了！不要再當我五歲好不好！」

「——我先回去了，妳早點休息。」

「欸？等一下，你的諮商還沒結束吧——喂！」閻羅一下子就消失在一團灰霧之中，完全不給我留人的機會。

仔細回想我跟他的諮商過程……他好像趁我對自己的記憶力無比困惑時，就把話題瞬間帶走了……異樣的違和感在我心中蔓延，卻被忽然響起的敲門聲打斷。我從貓眼望出去，外頭站著的竟是黑白無常和宋昱軒。

怎麼突然來找我？是來接我的嗎？我有點害怕地打開門，白無常先是笑笑地說出很地獄的話，「好久不見，妳最近體質還不錯，班內都沒有死人，連路過打招呼都無法。」

「去你媽的不要亂說話！我今天的大夜炸掉絕對會找你們三個算帳——」

黑無常在旁邊幫腔，「我們兩個有空的時候也是可以去你們急診室找妳？」

你們兩位今天是過來尋我開心的吧？

我立刻拒絕黑白兩人的好意，「拜託不要！看到你們兩個會讓我很緊張，你們又從不告訴我是哪個病人要掛掉。外面不好說話，我們進來再聊……」

許久不見的宋昱軒在一旁不幫忙就算了，反而調侃道：「我看妳最近的生活很精彩。」

「別說了……」

我邀請三人／鬼進到屋子內，方才古怪的感覺也忘得煙消雲散。

事後回想起來，我根本是智障。但意識到自己的愚蠢時也已經是很久以後的事情了。

【第十章】

隱瞞／欺騙

「佳芬，上個星期的那個魔神仔……」

「我已經說過了，我不記得了！這已經是我說的五十次了！」

「那妳有沒有看見紅衣小女孩？」

「沒有！我也不想看到！你們不要再來問我了！」

「佳芬別走啊——」

我頭也不回地離開了吃飯間，同樣的問題自災難演習回來後，學姊、醫師、輸送人員到常駐的清潔人員全部都在好奇小魚口中的「暖男魔神仔」的長相。

明明就沒有什麼暖男魔神仔！那天送我回來的只有一個肥宅高中生道士和一個有家室的冥官！

這時，無線電傳出斷斷續續的聲音，「——68歲女性，喝農藥自殺，送古綜合。」

「啊啊啊，出現麻煩的了。」見多了的專科護理師小魚不用等醫師吩咐，自己已經在幫這位阿姨找加護病房的床，「很棒，沒有床。要放一陣子的急診了。」

因為聽到無線電而從辦公室晃出來的醫師說：「你們剛有聽到那個喝農藥自殺的嗎？先準備生理食鹽水幫她洗洗嘴巴，其他的等人進來了我再開藥——不過應該沒救了吧。」

「看喝什麼喝多少囉……」就連住院醫師都不對這位阿姨抱有一絲希望。農業自殺——尤其是巴拉刈，一直都是無解。一口就足以致命，只是死亡過程極其緩慢又痛苦……喝下大量農藥直接現場死亡說不定還比較幸福。

救護車鳴笛聲來到急診門口，救護人員很快地把病人從救護車卸下來，卻不見我們想要看到的人。

「家屬呢？」不等救護人員先開口我們家老闆就先詢問道。這個時候家屬很重要啊！這種早晚會死的病人有很多事情需要與家屬商量和決定，包括是否放棄急救、進展到腎衰竭的時候要不要洗腎、要不要嘗試用藥、死亡診斷書要幾份、要院內宣告死亡還是留一口氣回家之類的——

忽然，一個人影無聲無息地插在救護人員和老闆之間，他們兩人完全不被這抹人影打擾，繼續交接病人的狀況。

「家屬」跟過來了啊啊啊啊……我內心哀號著。與病人年紀相仿的男性低著頭垂下眼瞼，聆聽著。

「68歲女性，喝農藥自殺，現意識清醒。瓶子在旁邊，是巴拉刈。女兒回家之後發現爸媽倒在地上後立刻報案——」

「那她的丈夫呢？送哪裡了？」

「先走一步了。據病人對女兒的敘述，丈夫上個月被診斷肺癌第四期，夫妻倆因此心情比較低落。但同住的女兒完全不知道爸媽什麼時候準備了農藥，今天早上吃早餐的時候沒有

任何異狀。」

阿伯啊，我看你怨氣為零，為什麼還徘徊在妻子身邊不散啊？當然，阿伯聽不見我內心的話，我也不想讓他發現我看得見他。

「什麼時候喝的？」

「中午十二點。」我看了一眼電腦上的時鐘，現在已經下午五點了。

今天是不是很多人往生？都已經五個小時了黑白無常也還沒來把這位阿伯接走。但我覺得阿伯在這邊待下去，我們會有危險。

「五個小時……那這裡我們接手。佳芬，幫我們抽血，要抽……」老闆一一唸出他要檢驗的項目，我從工作車挑出需要的試管備用。一群護理師如往常一般圍在病人周圍做事……

「女兒呢？」

「去辦理父親的手續。」

老闆看向病人一眼，她似乎對世間毫無眷戀，眼神空洞地望著天花板，「她應該喝得不多，到現在還很清醒。能用的藥我先用下去。檢驗結果出來的時候女兒應該也過來了。」

「是真的喝得不多。病人說她先生喝了四分之三瓶。她連四分之一都沒喝完。」

「所以病人眼睜睜看著自己的丈夫硬掉嗎？」顧慮到病人，老闆這句話講得特別小聲。

救護人員也壓低了聲音，「至少我們過去的時候，丈夫已經僵直了。兩個人抱在一起。」

老闆長嘆了一聲，「幹……」

我才要罵「幹」咧！可以不要在剛死的靈魂旁說起他的死狀嗎？我不想要一邊抽血一邊應付凶化的怨魂，重點是我還應付不來啊！出乎意料的，那隻鬼魂並沒有因此抓狂，維持他低頭閉眼的姿勢。

這隻鬼魂怪異的氣場已經吸引了常駐在往生室的雙胞胎冥官的注意。我回頭的時候，那對一模一樣的姊妹花已經站在不遠處蓄勢待發，隨時準備出擊。我推著給藥車往那兩人的方向靠過去。

「簡小姐。」老樣子，兩人先是禮貌地打招呼。

我悄聲問道：「黑白無常呢？」

「我們聯絡了，但他們好像在忙。」

忙？他們兩個也有引領新死之鬼以外的業務嗎？我掃了一眼阿伯的鬼魂，當機立斷叫外援，「去找晉雅棠過來。妳們認識嗎？領路中心的——」

「雅棠前輩與她的領路人正在趕過來的路上。」民祐青說道：「我們兩個都是『民國』，能力較低、處理怨魂的經驗也不多。簡小姐不用顧慮我們的感受，大聲說出來即可。」

其實是顧慮祐青的感受，我沒忘記她上次因為能力不足，覺得自己拖累了祐寧的諮商。既然祐青能夠坦然面對自己的弱小，或許意味著她願意為了陪祐寧考行刑人而努力了吧？

另一邊，專科護理師小魚拿了鼻胃管和活性碳到阿姨身旁，柔聲解釋道：「阿姨，我們要幫妳灌活性碳，所以要幫妳放鼻胃管。等一下就配合我的指令吞口水，好不好？」

阿伯的鬼魂突然動作了。他雙手用力一推，放著用品的推車翻倒在地上，發出巨大的聲響。見到這一幕，祐青和祐寧分別抓住繫在腰間的長劍和縛靈繩——

「等一下。」

「簡小姐！我們現在不處理，他就要凶化了！」民祐寧緊盯著鬼魂，按住劍柄的手微微顫抖。

沙啞的聲音在急診室盤旋著，「……讓她死。」

那抹鬼魂說話了。

「求求妳，不要救她……讓她死得舒服一點……」

「不要再讓她痛苦了……」

「是我不對……都是我讓她痛苦……」

「說好一起走的……」

「對不起留下了妳……」

那抹鬼魂跪在地上懇求著，任他哭得再悲傷，沒有陰陽眼的小魚也不可能聽見他的訴求。她彎下身向鬼魂伸出的手穿過鬼魂，扶起了鐵製的推車，一邊疑惑地自言自語：「我剛剛有撞到嗎？」

小魚撿拾灑落在地上的備物時，阿伯的鬼魂還想阻攔，但半透明的手徒勞無功地揮舞著，穿過小魚的手臂。

「力量快用完了。」祐青看到這心酸的一幕說：「遊魂的力量本就不多，剛剛翻覆鐵車那個動作應該耗光他所有能力了。」

這時，阿姨失焦的雙眼恢復一絲清澈，濕潤的眼睛望著拿著鼻胃管向她接近的小魚，「我可以不要放鼻胃管嗎？」

「阿姨，可是——」

「讓我死吧。」

小魚深吸一口氣，緩緩放下手中的管路，「我跟醫師討論一下。」討論的結果就是醫師要我把病人拒絕治療這事詳加紀錄，等女兒來了再說，以免過後有法律糾紛的問題。

「放棄急救同意書呢？」小魚問道。現在病人還清醒，的確可以為自己決定急救意願。老闆坐在護理站電腦前，望向從背包掏出水瓶從容喝水的阿姨，「簽之前要先告知女兒，病人喝的量不多，撐到女兒過來絕對沒問題。」

基於我們現下對阿姨無事可做，大夥又分頭去忙別的東西，但祐青和祐寧依然留守在護理站角落監視著阿伯的鬼魂。阿伯的鬼魂意外地很安分，只是如同還在世一般，輕撫著老伴

的額頭。

一兩個小時後，祐青支支吾吾地來到我面前向我報告。

「簡小姐……那阿姨有點不對勁。」

「怎麼個不對勁法？」我回頭一看，不看則已，一看背脊發涼。

阿姨對著她的老伴笑了。

她看見了？為什麼？不是將死之人才看得見鬼魂嗎？喝少量農藥的死亡過程很緩慢，是以天為單位，一兩小時內不可能有變化——

然後她又拿起不透明的水壺，在阿伯鼓勵的眼神下猛灌了一大口，一乾而盡。

我從護理站斜對角衝到阿姨床邊，奪過那個水瓶，刺鼻噁心的化學味道撲鼻而來——

「醫師！水壺裡面是農藥！」

「什麼？」

「老闆，病人昏過去了，心跳和血壓都在掉——」

「醫師！這床是要積極還是不要積極？」

「醫師——」

「主護快去聯絡女兒！」許多事情在一瞬間發生了。聽到老闆的指示，我連忙打電話給病人的女兒，電話接起時傳來的是疲憊的女聲。

「妳好。」

「喂，妳好，請問是戴金蘭的女兒嗎？我這裡是古綜合醫院。妳的媽媽現在狀況很危急——」我講得又快又急，因為病人的心跳和血壓在我眼前不斷下降。

「Vital sign（生命徵象，包含血壓、心跳速率、呼吸速率、體溫）呢？」突然聽到專業術語，我也只能硬著頭皮報上面板的數字，「心跳四十五，血壓六十……」

「是來問我DNR（Do not resuscitation 的縮寫，意即在接近死亡或者生命徵象不穩定時拒絕壓胸、電擊、插管、升壓劑給予等急救處置）的吧？全部拒絕，我等一下過去補簽。我已經在計程車上了。院內宣告死亡就好。」

「好，我知道了。」我對著準備急救中的同仁用力搖頭，同仁們接受到訊息紛紛離開床邊。

心電圖在我們眼前拉成一條直線。大夥難得很安靜地收拾起病人身上的管路，沒有多餘的聊天。

在收拾用品的同仁背後，我看見阿姨與阿伯擁抱在一起，然後對我九十度鞠躬，接著自動自發走向在急診室警戒已久的雙胞胎冥官。祐青和祐寧並無多話，迅速在兩人的手上繫上縛靈繩，踏著閃爍的燈光離開。另一邊待命的雅棠與她的領路人也盡數撤退。

今天的急診室異常安靜。

半小時後，病人的女兒來到我眼前簽署剩下的文件。她很安靜，如機械般把所有遞到她眼前的文件簽上自己的名字。

我有瞄到她胸前的職員證，是另一間醫院的護理師，也難怪對流程如此熟悉。她檢查母親的遺物時，我看見她拿起那個水壺，便提醒她道：「那個水壺……裡面有裝過農藥——不要再使用比較好。」

「她還帶來醫院喝嗎？」病人的女兒淡淡地說道：「還真如遺書寫的一樣啊，『共赴黃泉』、『只要在一起，地獄也會是天堂』什麼的……」

不，地獄就只會是地獄，行刑人會確保你受到相對應的刑罰和痛苦。長期和冥府打交道的我最清楚這點了，尤其自殺一定會被判入地獄，所受的刑罰又會比其他罪行重上百倍。

她頓了一下，再度出聲時已經是哽咽的泣音。

「……那兩個自私的傢伙。」

我只能抱著她，輕輕拍背安慰著。

原本以為喝農藥自殺的阿姨會隨著她被禮儀社接走後結束，怎料到一週後，病人的女兒又出現在護理站。

「不好意思，請問我可以找一名姓簡的護理師嗎？」在旁邊泡藥的我聽到後馬上回頭，正好與那名家屬對上視線。彥霓原本還想例行詢問對方找我有什麼事，但見我對她搖頭後作罷。

「妳好，我是戴金蘭的女兒，上個禮拜在你們急診室喝農藥自殺的那位，妳應該有印象。」

「有，我還認得。」我更大力地搖著手上注滿生理食鹽水的抗生素瓶子，示意她我現在還在上班其實不大方便說話。

「抱歉打擾妳工作一下子……很快而已，因為我也不知道要說什麼……」她先從淡藍色的小提包取出一張寫好自己服務單位、名字和電話的小卡放到我的護理車上，「我先自我介紹，我叫王惠華，是春田醫院的病房護理師。前天是我父母的頭七，我父母特別託夢要我過來，向妳自我介紹和好好感謝妳……我知道這有點怪，但請妳就收下這張卡片，如果遇上任何麻煩，或者有其他的人生規劃，我會盡力幫妳的。」

早知道就讓雙胞胎冥官把那一對老伴劈了！生後服務滿意到還會給正向回饋是怎樣啦！

我突然覺得頭好痛……但女兒都到面前了，只好裝作自己什麼也不知道，與王惠華一樣一臉尷尬地收下那張手寫名片。尤其彥霓在旁邊假裝整理病歷，實際上兩隻耳朵極力捕捉我們的對話，我也不能接話，希望王惠華就這樣識相離開。顯然，扯後腿的永遠是意想不到的

人。

「只因為妳的父母託夢就特地跑來嗎？」江小魚不知道從哪邊冒出來，自然而然地加入對話。她一直對靈異題材感興趣，可能還是讓她聽見了關鍵字。

「其實……我第一次夢到的時候還以為只是普通的夢。」王惠華原本不想說，但對上江小魚熱切好奇的目光後，她還是全招了：「但我連續三天都夢到了一樣的內容。去請示認識的師父後，他也叫我趕快來向這位學妹道謝。」

……下次再遇到這種生離死別，我決定一概不幫忙，就讓祐青和祐寧綁走不送。

「爸媽原本有交代要準備禮盒，但禮盒實在太突兀了——」

不需要，妳爸媽已經給我夠多麻煩了！這下不只彥霓和小魚了，附近的幾個學長姊和醫師都產生了興趣，圍繞著我們的人越來越多。

都沒有病人是不是！雖然現在下午三點剛好是病人不多的時候，但你們都沒有病人要看嗎？拜託你們幾個顧慮一下喪家的心情好嗎！

「那麼妳爸媽還有說什麼嗎？」

「說什麼……他們說的還滿奇怪的。」王惠華直接用嘴巴送了我一記必殺，「他們說：『謝謝簡小姐成全我們。』」

現在連新死之魂都知道要叫我『簡小姐』嗎？我聽到這裡差點吐血。要死了，哪個殿主快去管管這些魂魄的嘴巴啊！以後可不可以規定亡魂托夢不可以說話啊？至少不要提到我的名字啊！

這一刻大概有十雙眼睛在盯著我，眼眸裡透著同樣的一句話：妳成全了他們什麼？

就算手上的抗生素已經全數溶解在生理食鹽水裡，我也只能繼續搖著手上的抗生素裝傻，「我什麼都不知道啊～」

下班時，為了避開八卦同仁如子彈般轟炸的問題和好奇心，我特地在護理站裝忙，等全部人離開更衣室下班之後，我才進去匆匆換下工作服。才剛脫完上衣時，後頭穿來了低沉的嗓音。

「簡小姐。」

「幹恁娘！我在換衣服是沒有看見——」我已經拿起了背包準備往身後的變態白目冥官砸下去，赫然發現後面只有同樣也在脫衣服的直屬學妹，她正一臉詫異地看著我舉在空中的背包，似乎在思考該不該閃躲。

該死，差點就穿幫了。為了掩飾，我只好四處張望一下，再把視線放到脫到只剩下內衣的學妹。

不是我要說，彥霓的身材真好，有胸有腰還有馬甲線——不行，不能被轉移注意力！我

開口問：「剛剛是妳在叫我嗎？」

「是。」

「妳刻意壓低聲音？」

「沒錯，就像這樣。」彥霓當真示範一次給我看，還真的與剛剛在背後喊我的聲音一樣。

我一時語塞，因為我真的沒有辦法解釋我剛剛的反應。我也確實被彥霓的試探嚇到了，腦內迴路全亂成一團——

「佳芬學姊，妳剛剛的反應還比較像大學時的樣子呢。」彥霓忽然懷舊起大學年代，我也只好順勢接話，想辦法轉移話題，「說話太衝對工作不好。工作的時候總得擺出營業用微笑去面對病人，不然病人投訴的時候妳就有寫不完的報告和檢討書了，還有被上級盯上的麻煩——」

誰叫我們美其名是醫療業，實際上是服務業呢？我們護理師也跟購物中心的銷售員一樣，會被病人和家屬評分態度是否優良、親切、友善，評分太低又要被阿長叫去教育……不擺張笑臉給病人看根本是自找麻煩。

「學姊對這裡的學長姊也很內斂啊，完全看不出來是可以在四人病房混著中英文髒話把學弟罵一個小時的狠角色。」

「那是潘致遠那傢伙找死，不罵不行。」我咬牙切齒地說。小我三屆、小彥霓一屆的直屬學弟開學第一個禮拜就騎車出門跑山路出車禍送進了急診室，因為不敢通知家人只好找了當時唯一認識的直屬學姊們求救。想來那一次還是彥霓載著我去某個深山中的小醫院幫學弟付醫藥費。這時候真的要慶幸台灣有健保這種神奇的東西，放到國外，進去急診一次的醫藥費哪是兩個大學生付得出來的？錢包裡只有三百塊還沒有信用卡的學弟也夠蠢的就是了。

如果是一次也就算了。第二次，學弟在市區道路超速闖紅燈被小貨車撞飛。一樣的，不要命的學弟不敢通知家裡，只好找了曾經幫過他的大四學姊（也就是我）求救。我帶著錢和一整排直屬探病，掀開簾子發現跟我說「只是輕傷」的這位學弟雙腳都裹著石膏，脾氣一時忍不住就爆發了。因為常年和冥官與殿主對嗆，氣勢和魄力都點到滿，學弟只能像隻可憐小狗被我飆罵一波，只差沒跪下去了。據說那時外頭的護理師和同病房的病人都不敢叫我閉嘴。

既然提到了學弟，我順口關心這位白痴學弟，「學弟還有飆車嗎？」

「自從被學姊那樣子罵過後他完全不敢再飆車了。很守交通規矩。」

罵了有效就好！

「學姊，」彥霓話鋒一轉，我就知道正題要來了，「災難演習那天……」

這個正題比剛剛的試探更好掌控，至少我知道這個話題的終點在哪裡。就算中途彥霓試圖套話，我都能輕巧迴避。

「怎麼了？我沒有看到魔神仔也沒有看到紅衣小女孩喔！」

「不是、不是——」彥霓連忙擺手，隨即壓低聲音，「我只是想問……學姊妳真的什麼都不記得了嗎？」

「不然妳預期我記得什麼？」我藉機反問道，順便確認她的記憶在哪邊開始斷片。

「我們不是被關在了牢房裡……然後有件會飛的衣服……我那天還看到鬼了……」彥霓支支吾吾說了一串，因為知道自己的話有點離奇，她一直在迴避我的視線。但至少我知道她的記憶斷點一定在我使盡畢生功力拉攏守衛之前。如果她記得的話就會更加防備我的話術，不可能被我輕易地用問題迴避問題。

她抬起頭猶豫地問：「學姊，妳不會騙我吧？」

我輕輕笑了一聲，就像寵自家妹妹般摸摸她的頭。以前我也常對底下兩個學妹這般寵著。學弟就算了，沒有被我敲頭就很不錯了。

我一邊揉一邊說：「傻瓜嗎？我怎麼可能騙妳呢？」

白痴嗎？我怎麼可能跟妳說實話呢？

彥霓離開的時候，我喚了明廷深的真名，把他召來更衣室——當然是我已經換好便服之後。

我下令道：「找個人跟著彥霓，確認她的記憶。她不大對勁。」

「是。」明廷深告退離開，我也拿起背包要走出急診門口，一邊思索著……

之前宋昱軒還會裝模作樣補上一句「我詢問一下殿主有沒有人力」，但明廷深卻是直接聽令走人。

所以說，我是有權限直接調動冥府的人力。端看明廷深應答的俐落程度，應該是有一批人隨時待命供我……供宋昱軒使喚。

那十位殿主到底下放了多少權限給他們的心理諮商師？

【第十一章】

失衡／失和

這個月因為宋昱軒不在身邊，明廷深不熟悉助理的工作，所以冥府的諮商小屋暫停營業。會來我家裡的熟客也都沒有上門，所以格外清閒。閒到開始翻之前的諮商紀錄。

「祐青、黑白無常、衡業、奕容、蒼藍、廷深、昱軒……」我一一翻閱著，順便把近期發生的事情整理一番，把會改變諮商個案心路歷程的事件再寫進紀錄裡面。

祐青已經能夠正視自己的弱小。黑白無常最近都沒來諮商，看來宋昱軒跟那兩個隱性炸彈處得還不錯。明衡業休假的這一個月也不知道過得如何……很快地我就整理到元奕容的諮商紀錄。他的諮商紀錄比較特別，一張泛黃粗糙的紙張夾在練習簿的第一頁。由於我下去諮商小屋的時候都是靈體狀態（其實是不想多花錢買練習簿），所以冥府小屋的諮商用的都是宋昱軒為我準備的紙張，寫完後再交給他裝訂成冊。這張還是因為在台東巧遇元奕容後，我才讓宋昱軒從冥府小屋拿上來的。

我把泛黃的紙張打開，在備註欄上刺眼地寫著「宋昱軒那個混帳！」我先是疑惑了一下，隨後才想起那時候因為元奕容說溜了嘴，我才知道內境有獵殺冥官的娛樂。更過分的是，宋昱軒還不讓我追問下去。

現在還不是不讓我過問冥界的事情。就連那一場遭到內境突襲的武鬥大會，和之後我被內境魔法師綁架的事件，都沒有人願意跟我分享後續。就好像有人下了封口令一樣。

太見外了吧！除卻我是人類，我跟冥官的差別應該是零吧？殿主們是還把我當外人看待嗎——說到殿主，我是不是應該幫閻羅加一本諮商紀錄，不然他最近的諮商次數變頻繁了，資訊的問題好像也越來越複雜——

「如果妳的弟弟和我掉進水裡，妳會救誰？」

回想起來還是覺得好笑，堂堂殿主竟然會問這種情侶之間情緒綁架的問題，還不只問了一種方式。別的人類就算了，我對其他人類的可信度早在高中三年級那年被丟進馬桶沖到大海裡面，但我弟弟是我的家人，更是家中唯一相信我有陰陽眼的人。重要的人類和重要的冥官，我應該還是會選重要的人類——

重要的人類和重要的冥官……

人類和冥官……

我甩了甩頭，不讓自己繼續想下去。他們不告訴我自然有他們的理由，我也不好妄加猜測。

這是他們對我的信任，也是我對他們的信任。我應當要遵守這個默契……我從書架抽出剩下的諮商紀錄，赫然發現有一本壓在最內側，異常的新穎，幾乎沒有被翻過。

我看了封面的名字，馬上想起為什麼這本諮商紀錄會那麼新了。因為這個個案就算再死一次都不想面對她的心魔，也就沒回來諮商了。但不願意面對心魔，不代表心魔就此離去。

同理，不願意回來諮商，不代表她的心理諮商師不會主動去找她。

我一如往常搭上公車，在與個案面對面之前先模擬開場白，還要想辦法把遊魂服務中心的其他人支開。但在抵達遊魂服務中心時，我隔著半透明的玻璃門就發現裡頭根本不需要我費心清場，因為除了個案本人之外，服務中心裡面沒有其他的人。

晉雅棠如同往常梳著端莊嚴謹的髮髻，但今天少了點平時的從容。這位遊魂服務中心主管顯然在忙，眉頭深鎖地盯著櫃檯上的東西，就連我像隻壁虎貼著玻璃門偷窺著她都沒有抬頭。或許因為只有她一人，身為主管的她難得坐鎮在櫃檯……

以我對她的了解，八成是公文。

雅棠應該還沒發現我，如果看見是我她會馬上出來為我開門。我輕輕地推開玻璃門。正當我以為能夠解鎖「人嚇鬼」的少數成就時，玻璃門的門閂很不配合地發出了「咿啞」的摩擦聲。

女領路人的動作快得只剩下殘影，往後推開椅子、站定位、抽鞭子到甩鞭子所有動作一氣呵成。如果門再推得更開，那鞭子打中的地方就不是玻璃門而是我的臉了。雖然我逃過臉被抽爛的慘劇，但雅棠甩出的一鞭還是讓玻璃門碎成玻璃碎片。

「——棠啊啊啊啊！」我本能地抱著頭蹲在地上，玻璃碎片盡數灑落在我身上。尖叫聲也總算讓雅棠回神仔細看清楚開門的究竟是誰。

「佳芬？佳芬！」雅棠認出來人是我之後，冷酷殺手立刻亂了手腳，「妳怎麼會在這裡？有受傷嗎？廷深呢？」

靠夭，這種時候到底為什麼會問我身後的跟班在哪裡啊？因為滿身的玻璃碎片，我有些動彈不得，這又惹得雅棠對我一陣關心。

「佳芬，妳還好嗎？」她的語氣中透著一絲愧疚。

「沒事……只是有些玻璃碎片掉進衣服裡面，我不敢亂動。」不管是胸前還是背後都有玻璃碎片卡在衣服裡，只怕稍微移動就會扎破皮膚，到時就會讓雅棠的愧疚感直線上升。雅棠趕緊把我帶進她的辦公室，輕輕地把貼在我前胸後背的玻璃碎片掃乾淨，再把我的衣服脫下來在一旁甩著。她看著散落在地板的玻璃碎片，動作有些僵硬。

我試著安撫道：「妳放心，我沒有受傷。」

「妳怎麼知道我在想什麼？」

「因為我是妳的心理諮商師——廢話！你們傷人是大忌，鞭子差點甩到我臉上妳不是愧疚會是什麼？難道妳會覺得我活該被噴滿身的玻璃碎片嗎？」

女領路人被我的破口大罵愣住了，隨後馬上用同樣火爆的語氣怒嗆：「是妳活該沒錯啊！明知道自己只是個普通人還老是在我們身邊繞！如果我的鞭子打到妳的話，妳現在會因為靈魂撕裂，全身痛到在地上打滾——」

有時候，適當的毒舌和激怒是很好的轉移注意力方法。這當然建立在足夠了解對方的前提。

「我才要問妳為什麼反應這麼大吧！」我深吸一口氣，硬是吼得比雅棠還要大聲，「妳是把所有走進服務中心的人都當敵人先鞭了再說嗎？妳這裡不是服務中心嗎？每個遊魂進來都像妳這樣打招呼那我還不如叫黑白無常來把遊魂綁走！」

「本來我們服務中心服務的就只有遊魂，人類闖入一概當成內境人士驅逐，我覺得這是合理的作法！」

「之前我帶遊魂來妳這的時候，你們從來沒有攻擊過我！」

「以前的狀況又沒有像現在那麼糟！」雅棠吼完，雙眼隨即露出恐懼，好像說了什麼不該說的事情。她連忙掩飾過去，生硬地轉了個話題，「算了，所以妳今天到底為什麼來找我？」

又問到我不需要知道的事情了。基於與冥官有著不能深究的默契，我只好先交代今天來這裡的目的。一聽到我是過來強迫諮商的，女領路人的美麗臉孔馬上垮了下來。

「我與下屬的相處方式很健康，完全不需要妳來操心。」

「江霖一聽到冥府出現諮商小屋，立刻帶了整個服務中心的人跪求我讓妳不要過勞到往生第二次，妳覺得這還不需要我操心？諮商了一次不僅再也沒回診，偶爾提起下屬的話題都被妳用別的話題帶開了，妳真覺得這不需要我擔心？」

那個時候冥府諮商小屋才剛開放，手頭上的個案數量還沒破二十。忽然有十個人像沙丁魚一樣塞進冥府小屋，一見到我就是跪下磕頭，地板空間不足還會自己在沙發和桌面上找位子。搞得活像一幫黑道小弟犯錯了來向老大謝罪。那時候跪在我的桌子上的，正是雅棠的副手唐江霖。

事實證明，這是一個極其固執的案例。

「江霖想太多了。我明明就有下放事情給他們做——」

「只有文書業務吧？」

「我們是遊魂服務中心，主司迷失魂魄的引渡，戰鬥本就不是我們的強項。」

這句話從武術大會八強名單的口中說出還真沒有說服力。那次被內境從中攪局真的太可惜了，不然八強就已經很有看頭了，總決賽一定會像神仙打架般毀天滅地。

「但你們偶爾也會遭遇怨魂吧？不給他們多一些練習的機會——」

「上次我不就讓他們一起應付怨魂了嗎！」

「純粹是因為剛好我有在現場，妳不想過後被我念才讓下屬應付的吧！而且那一天宋昱軒和黑白無常都在場，最好他們是能有什麼危險！」雅棠再度反駁之前，我先用她最在意的事情堵住她的嘴。

「妳的下屬呢？」

我第一次知道冥官的外表偽裝能夠把「血色盡失」這種細節做出來。雅棠呆愣了三秒，閃身回到櫃台前，對著水鏡大喊，

「江霖！江霖！回報現場狀況！」

「前輩，目前尚未交火。曲判官和錢判官還在談判，但是情勢不樂觀——」

「該死。如果不是得在這裡守著通道……」雅棠喃喃道，隨後又對著水鏡叮嚀：「如果真的開戰，你們要謹記我交代過的，不要一股腦兒送頭……」

聽到這裡，我悄悄地離開遊魂服務中心。雅棠一顆心全繫在外出的部下，根本無心理會我這個人類，還真讓我順利溜了出去。

如果現在還提起諮商，那我也是太白目了，說不定還會加深雅棠對下屬的保護慾。這反而與諮商的目的背道而馳了。

今天先策略性撤退，我也需要一點時間整理一下今天龐大的訊息量。

……雖然說之前就有跡象了，但聽到「真實情況」，還是令人頭痛。冥府上下企圖瞞我這麼大一件事情，他們到底是覺得冥官們個個說謊技術過人，還是覺得我是白痴可以隨便就被唬弄過去呢？

我雙指輕捏鼻梁，低聲說道：「半小時……去後面一條街的天公廟上個香順便吃一盤廟口的大腸包小腸好了。」

晉雅棠

初步診斷：過度保護下屬的長官。

治療成效：之前提議的逐步下放任務的作法沒被聽進去，這次顯然也不會。有空再來吵個案。續觀。

備註：冥府真的是一群混帳。

「簡小姐，關於劉彥霓小姐的記憶……」隔了幾天，盡責的明廷深跑來找我報告。這位踩著增高鞋的冥官戰戰兢兢地站在我面前，背脊挺直，大有下對上報告的風範。

這種模式我不喜歡。我是人類，冥官是我的朋友，不是部下。看在明廷深只是個代班，再一個禮拜熟悉的昱軒就會回來了，我就不特別要求了。

「如何？她有任何奇怪的地方嗎？」

「有點。她最近常出入問事的宮廟。地址我再抄給簡小姐。」

「她問了些什麼？」

「這個……」冥官低下頭懺悔道：「真的很抱歉，我們沒能打聽到相關消息。我們再怎

麼說都是冥官，除了城隍廟和陰廟之外，有供奉神像的場所都無法踏入——」

「不用道歉，這不是你們的錯。我也忘了這回事。」很久以前閻羅有提過這件事，但因為跟自己無關，所以沒有特別放在心上。我的生活圈也一直有城隍廟在附近，忽然心血來潮走進城隍廟找城隍找冥官也是常有的事，長久下來還真忘了冥官不能踏入廟宇的這個設定。

明廷深嘴巴比較鬆，我也趁機探聽，「你們是會直接被擋在宮廟外面，還是只是禮貌性迴避啊？」

「怎麼解釋好呢……」冥官搔了搔頭，認真地思考怎麼回答我比較恰當，「看那尊神明的力量吧？擋歸擋，但真要強行突破也不是沒有辦法，就各憑實力了。不過我們的殿主一直秉持著『你不犯我，我不犯你』和『敵人能少一個是一個』的原則，所以冥官不闖進神明勢力範圍就變成心照不宣的慣例了。」

「很像你們殿主會有的作風。」十殿殿主雖然個個性格迴異，但的確都教育過我不要輕易招惹別人。

「寧願成為陌生人，也不要成為敵人。」不管是升上大學還是畢業進入職場，十位殿主都曾經叮嚀過這句話。

我又想起了另外一個需要我去關心的問題。我問明廷深：「彥霓有被騙錢嗎？」如果因為我的事情害彥霓被神棍騙財騙色的話我會十分愧疚的！

「應該沒有。神明不會容許欺騙信徒的行為。就跟我們傷害人類是大忌一樣，欺騙信徒在神界也是不可饒恕的行為。被發現會直接剝奪神格貶下凡的。神明的守護存在的情況下，劉彥霓小姐被騙的機率很低。」

「應該不用擔心內境和神界有掛鉤吧？」

聽到我的臆測，明廷深毫不客氣地翻了白眼，篤定地說：「不需要。神明不是那麼熱心的存在。人類請求神明干涉人界是需要付出代價的。再說了，他們也沒那麼偉大。」

奇怪的知識又增加了。聽到廷深的敘述，我反而更擔心彥霓了。

如果我家直屬學妹記得什麼的話，她會不會付出奇怪的代價請求神明幫我，但她會為我付出奇怪的代價嗎？

感覺就會。我是不是應該先想辦法預防一下……不對，我應該要先確定彥霓到底記得多少。

與其在這裡胡思亂想，還不如直接去套個話確定一下。

剛好我最會套話了。

想要不著痕跡地套話，最實際的方法就是讓別人幫妳套話，或者她自己說出來。

我特別選了小夜班接近午夜這種夜深人靜、病人又少的時間。因為大半夜醫院不管發生什麼事情都不奇怪。就比如說沒人卻一直開關的的急診室大門，抑或意識不清的阿伯忽然跟

妳說有個紅色衣服的女生站在妳身後……比較資深的同仁被嚇久了心臟自然就被練大，但還是會覺得毛毛的。

不過，才來不到一個月的新人，會害怕是很正常的。所以我原本的劇本是讓元奕容與那天一樣，穿著內境制服從她眼前晃過去，藉此觀察她的反應。元奕容和明廷深都已經在急診室裡待命，只等我的暗號。

「學姊，這個藥要怎麼泡？」學妹一臉疑惑地看著醫囑。我看了一眼螢幕，開始跟彥霓解釋把藥粉泡在生理食鹽水後再塞進病人肛門的過程和目的。起先彥霓還一臉驚奇聽著我解釋，但我配上手勢生動地模擬灌腸的工作時，我才發現彥霓的注意力並不在我身上。

「彥霓？」

「咦？呃——對不起學姊，我去一下廁所。」彥霓迅速離開我身邊直奔廁所的方向。一直站在牆角待命的明廷深和元奕容雙手高舉，表示他們兩個什麼也沒做。

莫非……大姨媽來不舒服？彥霓離開時的臉色的確有點蒼白，但我沒有自家學妹會經痛的印象……

十分鐘後，彥霓回來了。雖然臉色好一點了，但臉上的笑容有點牽強。

「彥霓，妳有哪裡不舒服嗎？還有半小時就十二點了，不然妳先進去休息，交班我自己來就好了。」

「沒事的學姊，我沒事……」

「彥霓，」我沉聲道：「妳騙不過我。」

「也是啦……」學妹輕輕地揉著太陽穴，皺緊眉頭，「今天不知道為什麼，頭有一點痛。」

「還沒習慣輪班制度吧？」我拉著學妹到休息室，安頓好後開始翻我的背包。

「學姊？」

「來，這裡有止痛藥，先吃一顆緩緩。」我把止痛藥塞到彥霓手中，一邊叮嚀道：「如果很不舒服就不要硬撐，等下精神不集中反而給錯藥了怎麼辦？這種止痛藥吃了沒效的話，反正我們就在急診室，健保卡拿出來過個卡就有藥可以拿了。」

彥霓低頭凝視著止痛藥像是在想些什麼。良久，她有感而發了一句：

「學姊，妳對我真好。」

不是「謝謝」，而是「妳對我真好」，這種跟發好人卡一樣的回覆基本上很有問題。只有妳知道某人對其他人不好時，或者自己對某人有負面印象的時候，才會說出這種感慨的話吧？

那麼，彥霓覺得我對誰不好呢？

「我對每一個學弟妹都這樣。」我先把心中假設擺到另一邊，伸手輕拍她的肩膀柔和地

說：「妳在這裡休息，我先出去交班，等一下陪妳一起回去。」

「好。」

我關上休息室的門，幾不可見地對站在門邊等候的冥官說：「今天行動取消，她不大舒服就不要給她更多刺激了。」

「是。」兩人乖順地回答。我稍微走遠就聽見兩位冥官輕鬆地聊起最近的生活，元奕容也很熱情地邀請明廷深成為阿秀小館另一名「綠色的客人」。看來辰逸小弟弟最近又有巧克力可以吃了。

時針逼近數字「一」時，我和彥霓踏出了古綜合急診室。彥霓是騎機車上下班，沒有駕照的我實在無能為力，只有陪著彥霓走到停車場牽機車的功能。

「學姊，妳到現在都還沒考過機車駕照啊？」

「哈哈，別說了……」我苦笑道：「妳自己回去真的沒有問題嗎？」

「沒問題，吞了止痛藥之後比較不痛了。」彥霓說。

「那妳自己路上小心喔！」說完，我就轉身離開。反正我已經麻煩了明廷深照看著學妹，學妹如果真的有事就會有個踩十公分增高鞋墊的帥冥官英雄救美了。

我還沒走遠，如月夜般清澈的聲線叫住了我。

「學姊！」

「怎麼了嗎？」我回頭一看，自家直屬學妹正露出「欲言又止」的表情。

太好了，這是打算自己說出來嗎？我在學妹心中的形象真好，好到不用刻意套話都願意跟我聊各種心事。早知道就不把元奕容叫來了，他要從孩子床邊逃出可是費了一番功夫。心下雖然很高興，但我還是有做好面部表情管理。

彥霓放下安全帽，面帶愧疚迴避我的眼神，聲音有點顫抖，「我知道學姊是個好人，很好很好的人。其他直屬學長姊根本就不會這般照顧學弟妹，有把共筆和考古傳下去就不錯了。妳對我們就像對自己的弟弟妹妹一樣，我們也一直把妳當很親的姊姊看待……」

她的表情就像在對我懺悔一般，「所以，當我想起我們被綁架的那天，學姊開槍殺人的時候，我一直在懷疑我自己的記憶……」

呵呵，記得我開槍，不就是全部都記得嗎？原來蒼藍的法術也會有出錯的時候。

「學姊妳什麼都不記得了，但我記得有件會飛的外套、一個會變魔法的色狼、學姊看得見鬼，然後我把色狼打昏之後學姊衝著我大罵的表情，還有學姊冷靜開槍的瞬間……但是，我很清楚這全部都不應該是學姊，學姊不會做出這些事情！我、我原本沒記得那麼多，但前幾天有個奇怪的男子跟我說了一些奇怪的話後，腦裡的畫面越來越清晰……」

奇怪的男子……絕對是循線追回來的內境人士。

「我知道我不該懷疑學姊的！學姊這麼溫柔善良，怎麼可能會殺人……但是……」她有點慌，淚水在她的眼中打轉。言語之中開始找不到適合的詞彙和繼續講下去的勇氣。這種時候自然就是我該出場了。

「彥霓，」我走向自家直屬學妹，用著最堅定的眼神說著謊話，「外套不會飛。」

「學姊……？」

「我那天什麼都不記得了。蓋完防水套後，下一段記憶就是跟妳一起在教室裡醒來了。但我很清楚，外套不會飛、這個世界沒有魔法、當然我也看不見鬼，還有我只有玩過空氣槍，還是在夜市遊戲攤位射氣球的時候玩的。」

我再次由衷讚嘆自己的演技和說謊技術。

「那麼那些畫面……」

我輕輕點了一下她的額頭，用略帶玩笑的口吻說：「都是妳太崇拜我了！連作夢都能把我塑造得那麼帥氣。那天台東的急診室不也說了嗎，我們兩個應該是被下藥迷昏了，不然無法解釋我們昏過去的原因。」

彥霓篤定地回：「可是，那些畫面真的很清晰。」

「別問我啊！我哪裡知道迷藥對妳會有這樣的反應。」我輕拍她的安全帽輕快地道：「如果真覺得很困惑，就不要去想那些奇怪的東西了。好好回去洗澡睡覺，說不定妳晚上又會夢到會飛的外套了。」

「……嗯。」

學妹跟我道別之後跨上摩托車，後座載著她看不見的明廷深揚長而去。我望著遠去的車尾燈思索著彥霓的狀況。

唬是唬過去了，但也只是暫時的。彥霓只是還沒把我那天在更衣室吼錯人的畫面和「我好像看得見鬼」這兩件事連結在一起而已……

下一次她再問起應該就瞞不住了。

「簡小姐，」元奕容見我苦惱的樣子，向我提議道：「需要通知魏蒼藍大人嗎？」

「沒關係，我自己告訴他就可以了，先回家吧。」

我話剛說完，元奕容忽然「唰」的一聲抽出配劍背對著我，盯著巷子暗處。

有誰在附近嗎？看元奕容護著我的模樣，一定是內境人士。那人似乎也不想再藏，緩緩地走到路燈之下。

路燈下的人影很熟悉，也很討厭。

「我已經給夠多暗示了，那位小姐的記憶已經恢復得差不多了，妳還能唬過去。實在佩服。」

我輕聲喊了身前的冥官，對他打了個眼色。看懂眼色的元奕容把長劍收在背後並未入

鞘，這應該是他最大的讓步了。

「尹先生，」我望向來人，「你這次又想要幹什麼？」

他對元奕容淡淡看了一眼，沒有多餘的廢話，「只是想拜託妳傳個話。」

「這裡應該不方便講話，我們換個地方。」我微微轉頭對後方的冥官說：「奕容，遠來是客，你去準備一下，我們要好好招待他。」

元奕容簡單點頭之後就消失在閃爍的路燈之下，我則邁開步伐離開原地，沒幾步路就發現尹先生沒有跟上。

「你不跟上嗎？」

「我憑什麼要聽妳的話？比起妳安排的地點，在馬路邊講話對我更有利吧？」

「呵，」我好笑地看著天真的尹先生，「你覺得你有選擇的權利嗎？」

話一說完，陰暗的巷子內亮起了幾盞綠色的火光，分散在停車場邊、屋頂上、陽台上、巷子裡……個個散發著令人毛骨悚然的寒意。

尹先生這時就很識相了，戰戰兢兢地舉起空蕩蕩的雙手擺在雙耳邊。投降動作標準到我都快以為內境魔法師有一堂專門課程在教人如何投降了。

「乖乖跟上來，」我說：「在他們逼你之前。」

一般而言，走在雙手沒有被綁著的人質前面是很不明智的舉動。但我根本不用擔心我會出什麼事情，在十來個冥官滿溢的敵意注視之下，尹先生膽敢攻擊我就是真的不要命了。

今晚之後我一定要去找殿主算帳！都說過我討厭保鑣了，他們不僅假借助理名義安插宋昱軒在我身邊，後面跟著我的綠光數量又是怎樣！我十分鐘前裝模作樣的時候，完全沒有料想到附近的冥官會現身震攝尹先生，更遑論這個人數了！

只好走一步算一步了。

夜晚的城隍廟雖然門扉緊閉，但廟裡還是透著些許燈光。當雙腳踩在城隍廟的石頭地板時，我心底安心了許多。身後的尹先生則與我完全相反，他看到城隍廟的臉就跟見到鬼一樣，打死都不想踏入廟宇範圍。但就由不得他了，只見他身後的綠光冷不防推了他一下，尹先生一個踉蹌，穩住身子的時候身體已經進入城隍廟圍籬內。

幾乎是同時，廟裡人造的電燈光線全數熄滅，就連身後的路燈都失去光芒，路上偶爾呼嘯而過的汽機車聲音也盡數消失。明明是市中心的小廟，其黑暗程度卻跟鄉下的森林有得比。

此時，我和尹先生腳邊亮起紅色蠟燭的火光，搖曳的火苗成為黑暗中的唯一照明。

「佳芬小姐，」尹先生有點猶豫地說：「這是……？」

彷彿回答尹先生的疑問，步道兩旁的蠟燭逐一點亮，形成一條走道指引著我們到城隍廟的後花園。基於是自己的地盤，就算氣氛再詭異城隍也不會害我，我就像以往找城隍聊天一

般輕快地來到正殿後的後花園，還不忘回頭偷瞄尹先生。只見尹先生踏出一步後，落在他身後的蠟燭就熄滅了，完全不給他回頭的機會。

尹先生看起來很抖，明明緊張又害怕卻強裝鎮定。但身為普通人類，我還是要幫尹先生說一下話。這詭譎的廟宇要讓人不害怕都難吧。

到了後花園，七八根紅色蠟燭插在石桌上燃燒著。城隍的意思顯而易見：給我坐這裡。他們甚至還準備了茶水和一些簡單的餅乾。

……冥官們是不是都會過度解讀我的指示啊？

落座之後，我開始為尹先生和我的茶杯倒滿茶水，但是尹先生遲遲不願坐下。

「請坐，石椅是乾淨的，不用怕髒。」

尹先生警戒地盯著我，「佳芬小姐，這些是什麼意思？」

「他們歡迎客人的方式。」我說完之後開始啃起餅乾，剛下大夜來點宵夜正好。「你不是要麻煩我傳話嗎？現在環境優美氣氛佳，保護機制一級棒絕對不會有人偷聽。想說什麼就快說，我還想要回去睡覺。」

他沒有馬上坐下，而是幾不可見地打量著周遭，估算敵人數量。似乎清楚他沒有逃脫的機會，他終於坐下，先是問我困擾他心中很久的問題。

「妳到底是什麼人？」

「你惹不起的人。」這種迂迴的回答最適合拿來裝模作樣了，雖然我覺得這句話是事實，也是警告。

「你要我傳什麼話？」我再次催促道。

他這次不像以前那般拐彎抹角，一開口就直入正題，「現在正在進行的戰前最後談判，我希望冥府能夠接受內境的條件，不與內境開戰。」

呵，這不就是冥府上下不願意告訴我的事情嗎？現在經由一個內境人士口中說出，我都能聽見黑暗中的冥官的哀號了。如果冥官能傷人，他們一定會蜂擁而上把眼前這人的嘴巴撕爛。

他說了「現在正在進行的最後談判」，就代表這是挽回局勢的最後機會。不得不說，尹先生真的找對人了。如果是由我開口，殿主們還真的會聽從我的建議不與內境開戰。

「如果妳的弟弟和我掉進水裡，妳會救誰？」

閻羅那天用這樣的方式問了我。這句話的意思應當是如此：

「人類和冥府，妳會選擇哪一邊？」

也難怪當時閻羅聽到我選擇我弟會如此失落了。但我還是不解，到底為什麼屹立千年的冥府和人類開個戰，需要在意我這個二十五歲急診護理師的感受？我的年紀連他們的零頭都不到。

我果斷回答：「我拒絕。」

尹先生得到與期望完全相反的答案並沒有就此放棄，他追問道：「為什麼？」

「很簡單，我沒有任何權利干涉冥府的決策。」我再次強調：「我只是個有陰陽眼的人類。」

「妳分明有那個能力。」尹先生不滿地說：「妳能命令冥官，甚至能命令城隍爺。」

「我只是『拜託』，剩下的都是他們自發的行為。」

「那可以幫我『拜託』他們嗎？」

「這我無法做到。」

他到現在還很平靜地跟我理性對談，「簡佳芬小姐，我希望妳能明白如果內境與冥府開戰，絕對會造成雙方嚴重的人命損失。妳的一句話能夠拯救很多人。」

開始對我情緒勒索嗎？我不齒道：「雙方人命損失？你不要搞錯了，只有內境會有人命傷亡。這不就是你來找我的目的嗎？因為你是少數清楚如果內境和冥府開戰，內境會輸的人，還會輸得很慘烈。」

「既然妳也明白後果，那為什麼不幫我們？」

「我好像沒有任何理由幫助你，那不是你們內境自找的嗎？」

「戰爭會死很多人。」

「戰爭會死很多『你們那邊』的人。再說了，不懂得自己斤兩硬捅馬蜂窩，內境會死一堆人也是他們活該吧？」

尹先生終於忍不住了，他雙手拍桌站起，衝著我大吼：「人命對妳來說難道就這麼微不足道嗎！妳不也是人類嗎！」

這種大動作也牽動了冥官敏感的神經，自黑暗中刺出五把劍，劍尖全對準尹先生的脖子和後背。尹先生望著散發寒氣的劍身，不敢移動，連呼吸都小心翼翼的，就怕鋒刃劃過脖子。

「不準攻擊，全部退下。」我的聲音不大，不過效果顯著。冥官們的劍應聲收起，但我沒有聽見長劍入鞘的聲音，應該只是退開了。

「尹先生，我再次聲明，我不會因為『你我都是人類』這種爛理由就站在內境那一方。因為長久以來，都是冥府在容忍內境，而內境在挑戰冥府的底線。」

內境甚至以獵殺冥官為樂。

「我知道你不樂見到內境與冥府開戰，但為什麼呢？」雖然說淡淡的微笑可以使人放下戒心，但在緊繃的時刻，笑容只會被認為是挑釁。所以我接下來的話都說得很嚴肅。

「為什麼你來找我呢？」

尹先生自從第一次見到我後就很積極地嘗試與我接觸，但我完全不領情，偶爾或許還有冥官從中阻撓增加難度。

「因為你知道內境是錯的，但沒有『人』願意聽你的想法。」我進一步刨出他心中深處的想法。尹先生之前就說過了，他是少數能夠自由進出城隍廟的內境人士，代表城隍認定可以與他友好相處，足以證明他與多數內境人士的不同。但是這世界對「不同的人」並不友善。

他之前也說過他的專長是占卜，所以他能夠看見內境戰敗的未來，所以他在盡力改變那個未來。

尹先生沒有認同也沒有否定我的猜測，他保持低頭沉思的姿勢，好似忽然對大衣口袋上的徽章感興趣。這動作究竟是有意還是無意的，解讀起來差別會很大。全端看尹先生現在把我當敵人還是中立看待——我可不認為他會天真地把我當友方。有耐心跟蹤我、確認我與冥府的互動後才上門，足以證明尹先生是個有在動腦的人。如果不是情勢所逼，他一定會再觀察下去，直到確認我的身分為止。

但也代表我從這個人口中再得到任何情報或供述都會有困難。

情勢所逼……那如果另尋出路呢？

「不然，跟我做個交易吧？」

「什麼交易？」尹先生無聊地抬起頭，完全不感興趣。

「如果開戰，我可以請冥府在這場戰爭中不殺害包含你在內共十個人。名單由你提供。」

身處四周的冥官不安地竊竊私語，綠色的光影晃動著。

尹先生雙眼閃著希望的光芒望著我，「真的？」

「十個人，不能再多了。」

「代價呢？」聰穎如他當然不覺得這是一場不需代價的交易。

「很簡單，」我說：「你加入冥府這一邊。」

眼前的內境人士表情變得很快，從希望到僵硬，然後不可置信，「我是人類，不可能加入冥府。」

「那太可惜了，你的犧牲可以換九個人的性命無憂，我覺得這是你賺到。」

最後，尹先生在沒有答覆的情況下離開了城隍廟。我也不介意，反正他知道哪裡可以找到我……也有可能在踏出我的視線範圍後就被洗腦了也說不定。我有把時間抓在三十分鐘內，蒼藍有充足的時間去修正他的記憶。

陰森的城隍廟變回原本夜晚的城隍廟，溫和的後花園造景燈照亮了周圍，也終於顯現出在場所有冥官的真實數量。

這個數量說是百鬼夜行都不為過。

「佳芬。」

「你們現在應該很忙吧？怎麼全部都上來找我了？」

不僅僅是與我最熟悉的閻羅，十殿殿主全體集合在這間小小的城隍廟。在戰事一觸即發的情況下實在不是明智的做法。

閻羅沒回答我的問題，反倒是先問我：「為什麼？」

「哪個部分？拉攏他的部分嗎？」

「支持冥府的部分。」黑面殿主又重複了一次他的問題，「為什麼會站在我們這邊？」

「你應該記得我高三那年寒假發生的事情吧？」

十位殿主面面相覷，最後是平時說話最直接的平等王說：「就因為那樣？」

「我很記仇的。」應該說，自從「那件事」之後，我完全不願意相信人類。把我留在原地等死自己逃跑的是人類，將我從鬼門關救回來的是冥府。單就救過我的命這點，我覺得我很有理由投奔冥府……而且我從一開始就不屬於內境的人。

「倒是你們，」話鋒一轉，我轉過身雙手抱胸瞪著十個比我高一個頭的殿主，「你們什麼時候才打算告訴我冥府準備和內境打仗的事情？」

十個殿主你看我我看你，就是沒人願意給我答案，我還看到末殿的輪轉王偷瞄了一眼旁邊不知何時可以撤退的冥官。

我按著漲痛的太陽穴，「現在進入諮商時間。除了殿主全數給我離開，包括城隍你。」得到指示的冥官閃得比閃電還快。原本如螢火蟲季一樣多的綠色光影全不見了蹤影。

我先是長嘆了一口氣，才喊出自從那件事故後不曾喊過的稱呼，「十位哥哥，我知道那次的事故嚇到你們了，但你們不能因為這樣就什麼事都不跟我說。保護我也要有個底線，你們把快一百名冥官安置在我周圍就為了守護我，對戰事怎麼辦？你們每一個的年紀至少三百歲起跳，可以做更成熟的選擇嗎？雖說我才二十五歲，後面多加個零都比你們小，但我都能理性思考了，你們就不行嗎？」

「佳芬，我們一直把妳當親妹妹看待——」

「我也一再強調我現在只是你們的心理諮商師！」我衝著他們怒吼：「這麼多年我那麼努力證明自己已經不是當年的五歲小女孩了，就連被綁架的時候都不願意呼喚你們的名字自己想辦法脫困——」

前些日子閻羅王來找我諮商時提起的「寶藏」指的根本就是我！啊靠那天我到底腦袋哪條神經接錯竟然沒有聯想起來！

「你們是冥府十殿殿主！這般受私情影響底下的人會怎麼看你，冥官們會怎麼看我？就不要跟我說你們是為了我跟內境開戰——該不會真的是這樣吧？」

「不是的！」秦廣反駁道：「我們跟內境關係緊張很久了，這幾年關係惡化是事實，只是——」

我打斷秦廣的話，「只是什麼？在乎我的感受？怕你們跟內境打仗會讓我為難？」

「不是這樣的佳芬，」閻羅說：「妳也知道我們傷人是大忌，但是打仗怎麼可能不傷人？我們也糾結了很久。」

「……也有一部分是擔心佳芬不喜歡我們傷人啦。」

「阿官！」

「是、是，對不起，我閉嘴。」五官王模仿拉拉鏈的動作，雙唇緊閉不再說話。

這群殿主……下次全部賞一頓「物理治療」好了。沒為什麼，單純我覺得他們都欠一個人把他們的腦袋敲醒！

都進入戰前談判階段了，代表他們已經做好傷人的覺悟吧？那麼我也不用介入諮商了。用戰爭的方式了結恩怨固然不好，可是我認識的殿主哥哥們一向作風溫和，暴力以外的方式一定都嘗試過了，無可奈何下才決定開戰。

……倒是冥官不可傷人的禁令一旦解除，這場戰爭究竟會如何作結呢？

「所以呢？戰前談判如何了？戰爭開始了嗎？」

閻羅望著我，沉重地說出三個字：

「開始了。」

（我在冥府當心理諮商師　第二部　完）

【畫外】易容

打從他死亡的那刻開始，「元奕容」這三個字就跟著他。

但這也應該是第一次自家的頂頭上司傳喚這個名字。

他穿過第七殿的長廊，廊宇之間都是認識已久的同事，但每個同事見到他都露出驚訝的神色。

「奕容？你怎麼會進來？你這個時候不是應該在人界——」

「小聲一點！」他有點緊張地四下張望，確定沒有其他武官聽到「人界」二字。雖然說他在人界結婚還領養了一個孩子這件事，在第七殿的文官中眾所皆知，前輩和同事甚至給了他很多方便，讓他可以兼顧冥官的工作和家庭，但不代表冥官和人類結婚共組家庭是可以到處張揚的事情。

「我被殿主傳喚了。」

「為什麼？」同事不禁也為他擔憂，「莫非——」

「我不知道。」

他深切希望今天稍晚還能回去哄孩子睡覺，而不是被丟進大牢裡面。

第七殿殿主名號為泰山王，但他不喜歡被喚名號，覺得太俗了。因為在世時姓「董」，平時殿主之間稱呼都喊他「老董」，這一百年受人界文化影響，冥官們會在背後叫他「董事長」。

泰山王對這個稱呼很滿意，不僅允許冥官們這般喊他，甚至有往「霸道總裁」形象靠攏的傾向，但正式晉見的時候他還是好好地稱呼殿主為妙。

雖然名為殿主，不過冥官不會對殿主下跪，打從最一開始就是這樣的制度。但董事長熱辣的眼神依然讓他十分不舒適，他也不習慣成為焦點中心。一直以來他就只是小小的文官，本來就不大喜愛吸引注意，跟阿秀交往至今藏得更加低調。

「元朝奕容。」

完了，這是冥官之間最正式的稱呼。他的心糾在一起，眼睛閉上，靜靜地等待董事長的宣判。

「——聽說你的化形修得不錯。」

元奕容猛地抬頭，不可置信地看著董事長。

「能夠修到蔚看三次，還上前打聽名字才確認你的身分，就算是曉蕾都無法辦到，值得嘉許。」

「我——謝殿主讚賞。」他不知道該說什麼，只好以禮貌為優先。

「你跟你太太相處得如何？」

才剛鬆懈下來，董事長下一句話又把他打入谷底。

「我——」

「沒有要責備你的意思。雖然近百年內境和冥府的關係很差，但不代表我們會禁止冥官與人類來往，畢竟我們原本都是人類。我們殿主都有一個人類乾妹妹了——」

董事長提到「人類乾妹妹」時，表情明顯軟化很多。所有冥官都知道十殿殿主們有個目前讀大學二年級的人類乾妹妹。以前這位人類女性年幼的時候，冥府上至冥神、下至位階最小的冥官只簡單稱呼她為「殿主的妹妹」或「佳芬妹妹」，現在這位妹妹成為冥府的心理諮商師之後，眾冥官都尊稱她為「簡小姐」。原本大家都以為簡小姐只是一時興起想做冥官的心理諮商師，怎料簡小姐是真的認真地在幫冥官們解決心中的糾結，一年多下來，不僅做出了口碑。甚至有小道消息說殿主們打算在冥府規劃一塊地蓋一棟小木屋，給簡小姐當諮商小屋。

「是。」他這才真正鬆了一口氣，「我跟太太相處得很好，最近剛領養了一個小男孩。」

「是啊，你就是帶個小孩逛街，被蔚看到了。蔚很震驚地跑來問我冥官什麼時候可以生小孩了。」

「蔚大人完全誤會了。」

「是啊，他告訴我們時我們也是一頭霧水。但他突然下來冥府倒是嚇到我們了。你也知道，蔚非必要幾乎不下來冥府。」說完，董事長語氣忽然變得嚴肅，「既然你的化形修得那麼好，讓你繼續管理倉庫太浪費人才了。」

「下個月開始去內境當臥底。」

他的所有反駁都被董事長無視了，而殿主的命令是絕對的，他一個小小的文官無從違抗，只好在指定的時間地點，與某個固定合作的人類接過自己的身分資料。再在指定的時間地點出現，佯裝成被怨魂攻擊（怨魂甚至是那個人類給的，整隻裝在寶特瓶裡。）被內境人士救下、順便被內境招攬成行政人員。

但無法使用電器的問題依舊無法解決，蔚大人也不打算幫忙，他只好當個不需要碰電器的抄寫人員，主要謄寫符咒或經文，偶爾幫忙打雜。也幸好內境對他的選擇不過問，因為畫符咒這件瑣事沒人願意做，有人願意幫忙他們超級開心。

這工作對他其實也有好處，雖然禁止把符咒帶出謄寫間，但多抄幾次自然就記得了。符紙不計成本，藉口抄錯偷幾張符紙回家根本不是問題。

不知不覺，他也學到了很多人類用的符咒，各種功能乃至各家家族的都有。雖然陰氣不能發動符咒，但不代表他不能帶回家做紀念。漸漸地，他也收集了兩三本資料夾的符咒，放在小孩子找不到的地方。偶爾翻閱時他都會很滿意自己的毛筆字沒有退步，寫得就如在世時一樣工整漂亮。

內境只當他是個有靈視力的普通人，所以沒有防備，資訊保安鬆懈得離譜。例行與董事長回報時都沒什麼可以講的，因為他已經把內境人士的名單和通訊錄印了整份交出去，剩下的就是密切關心內境的動向。

如果他的回報能夠救下任何一個冥官，那就是有意義的工作。他也願意一直做下去。

對活了幾百年的冥官而言，時間流動得飛快，幾年一眨眼就過了。轉瞬間，兒子辰逸已經幼稚園大班，暑假之後就要上小學了。所幸自己還有在做臥底的工作，可以幫助冥府之餘順便領人界的貨幣，不然只靠妻子一人開餐廳養家太辛苦了。

但今天發生了一件事……

有個能力高強的蠢貨在人界述說了自己在世時的故事，暴漲的陰氣吸引了內境的注意。整個內境，乃至他的辦公室都在談論這件事……

——還有討論冥官有多可恨。黎家家主百年前「疑似」被冥官殺害一事再度被有心人士從記憶深處挑起，加油添醋後渲染了一波。自恃義憤填膺又缺錢的戰鬥系魔法師紛紛接下高酬勞的獵殺冥官任務，成了高層大力鼓吹下的打手，又稱「獵人」。

要使得冥官消散很容易，但凡能夠消滅怨魂的咒語和術式對冥官也同樣有效。但要找到冥官不容易，成功讓術式擊中冥官更困難。尤其人類近百年仰賴科技，許多古老的傳承逐漸消失，黎家的沒落更是讓內境的聲勢與能力走向低谷，而冥府正好是黃金時代，不管是數目還是實力都達到前所未有的高峰——

……但不代表沒有冥官因此犧牲。

他站在玄關處，房子的格局一覽無遺，當然還有在客廳玩耍的孩子。

「馬麻！爹地回來了！」兒子辰逸一蹦一跳地來到他身邊打轉，太太阿秀也杵著導盲棍從屋內走出

「阿容，你回來了嗎？怎麼都沒有出聲呢？」因為太太眼盲的關係，家裡的東西一直不多，以不要絆倒阿秀為主。也因為太太眼盲，他也養成進門就先喊聲的習慣。只是今天煩心的事太多……

「我回來了。」他放下背包，輕輕地摟住自己的妻子。突如其來的擁抱使阿秀有點莫名。

「阿容？」

「我沒事，只是突然想要抱抱妳。」

今天冥府為了那個蠢蛋，也為了守護簡小姐，董事長命他放出假消息，順便多摸幾條電線使電線短路，害電腦和伺服器大當機。所有強大的文武官打聲東擊西之戰，故意釋放更強大的陰氣轉移內境的注意力。內境現在對於各地忽然大量暴漲的陰氣完全摸不著頭緒，他們使用了各式各樣的統計方式和儀器分析，都找不到一個趨勢，也找不出原因。

不過獵人們才不管這些，他們狹隘的眼光只看得見名和利。兩個冥官的人頭數足以讓他們吹噓一陣子了。

也多虧冥府的努力，簡小姐的住處和身分成功被保住了。蔚大人也在其中盡了一份力，尤其是需要造成記憶損傷的部分。

冥官禁止傷人，但蔚大人不是冥官，所以不受限於這個戒條。倒是有聽到一些冥官之間的傳言，昱軒前輩又重出江湖了……

光是想到「宋昱軒」這個名字，就算他只是一抹魂魄也忍不住打了寒顫。

這些內幕當然對簡小姐保密。雖然她是他們的心理諮商師，但終究是普通人類。她過普通人類的生活就好。這是所有冥官共同的默契，再加上殿主們的命令，大家只會更加管好自己的嘴巴。

他能預期內境會開始吹起「獵殺冥官」的風氣。已經有可信的消息來源指出高層有意順勢帶起這陣風潮，讓年輕一輩有個勤於修練的目標，藉此將內境推回以往黎家掌權的巔峰。

這風吹得他提心吊膽。就算他化形修得再好，只消一個粗心就會使他成為被獵殺的對象。

如果有一天他消散了，誰來照顧他的妻兒？

想到這裡，抱著妻子的雙手收得更緊了。

就算再恐懼，但為了冥官們的安全，他每天還是得深入敵營，一邊謄寫符咒，一邊打探敵情。

「組長，今天謄寫的符咒已經完成了，共三百張。」組員拿了一整疊的符咒放在他眼前。他接過符咒之後開始清點符咒數量。雖然有類似數鈔機的玩意，但人工清點才能一起檢查有無畫錯的部分，也順便成了他避開點鈔機的藉口。

喔對了，因為他表現良好，所以去年老組長退休的時候順勢被欽點成了組長，薪水也因此多了兩成。

內境真的比想像中的好混。董事長都沒有特別指派要他往上爬的指令，他充其量也只是乖巧低調地待著，董事長想要什麼資料的時候再移出，沒特殊任務的時候隨手多抄幾張符咒，結果就接到升遷通知了。

董事長知道之後，大笑了三聲，然後就把他趕出大殿。但他關上木門時，還是能聽到董事長的笑聲穿透厚重的木門。

他也不知道董事長在笑什麼，但董事長也沒交辦其他任務，他就又回到日常的人界生活。每天陪老婆顧店、哄哄小孩、抄抄符咒，意外的也很愜意……撇除可能會隨時身分曝光的壓力的話。

他把一疊符咒攤平散開在桌上，一張張檢查筆籙與符紋，接著對眼前下班慾望強烈的下

屬說：「數量正確，你可以下班了。」

下屬的臉上立刻浮現大大的笑容，舉起雙手歡呼後又感動地握緊他的手。

「謝謝組長！組長我最愛你了！」

他汗顏地望著只差沒抱上來的下屬，「這種話去跟你女朋友說就好。」

「我女朋友也很愛你！因為你都讓我有時間陪她！她叫我結婚的時候一定要請你，還不准你包紅包，不然她會殺了我。」

自從上任後，他便把打卡制改成責任制，下屬只要完成每日必須的份量就可以提早下班，謄寫間也因此效率大增。組員上班少了滑手機和聊天，一進來就是全力提筆抄寫，最迅速的情況在下午兩點就可以回家睡覺了。這個政策深受組員們的喜愛，他們謄寫間也逐漸變成分部裡知名的爽缺。

這不只方便下屬，也方便他自己回家顧小孩和回冥府辦事。組員高興，他自己也減少待在內境分部的時間，何樂而不為。

「那麼明天……」

「明天不可能，你跟你女朋友說我『儘量』準時放你們回家。」他對每天都想要提早回家陪女朋友的下屬說：「今天我收到了申請單，最近魔法師那邊的符紋和符咒需求變多了，所以大家可能要辛苦一陣子了。」

「蛤——」聽到工作量增加，本來低頭謄寫的下屬都抬頭出聲哀號，「魔法師那邊怎麼突然要那麼多符咒啊？」

「重點是魔法師就乖乖用符紋，幹嘛用符咒啦！想用就稱自己是道士啊！」

「噓！黎家失勢之後就沒人敢自稱自己是道士了好嗎？」

「申請單我看——什麼？連魔法陣都要我們畫？我會畫魔法陣就不用在謄寫間待著了好嗎？」

「咦？組長，申請單上的這些項目怎麼看起來……都是戰鬥用的啊？」

「戰鬥居多，防護其次，輔助和治療類的符紋也不少。」這的確奇怪了點，要知道平時他們單位最大的謄寫項目可是飛行、照明、瞬間移動這類生活用符咒。戰鬥系魔法師通常都會準備自己要使用的符紋和符咒，因為親手畫的與本人的契合度會最高，效果也會最好。

「我有聽魔法師朋友說，最近好像要重新對所有的魔法師進行資格考核，他也來私下拜託我畫符呢！不然以他自己的畫符速度連練習用的都不夠，更何況是考核準備了。」

「考核……怎麼聽起來像徵召多一點啊？」

「會不會是上次冥府在人界攻擊人類的關係啊？我們要反攻了嗎？」

冥府在人界攻擊人類……根本上而言應該只有宋昱軒吧？那還是基於已經有魔法師危害到簡小姐的安危了，宋昱軒才不得不出手反擊。

「滅了兩個冥官果然沒有什麼嚇阻作用啊……」

「我們這邊也受傷了不少人啊！好幾個都腦部重傷到完全失憶耶！」

這聽起來就是蔚大人的傑作。

望著一室亂哄哄的謄寫間，元奕容也不多加攔阻，反正下屬之間對魔法師和上層的抱怨越多，他能蒐集到的情報也越多。尤其是突然激增的魔法道具需求，很難不讓人有所聯想。

情勢看上去不對，他晚上還是回去跟董事長報告好了。但在跟董事長報告之前，他有一件很重要的事情要做……

下午四點，他抓好時間離開內境分部大樓，騎著摩托車來到幼稚園前面。摩托車是二手較舊的機型，沒有任何電子零件，只有這種純機械的機器不會被他破壞。他也有試過汽車，但現在的汽車大多有電腦輔助，並不適合他。幸好他們這種小地方的公車還沒改成電動公車，柴油驅動的公車還經得起他的搭乘。

「爹地！」辰逸一蹦一跳地跑出幼稚園五彩繽紛的建築，他自然地蹲低身體，將孩子一把抱起。

「辰逸，今天上課有沒有乖啊？」

「有！」辰逸很有活力地喊了一聲，然後忽然有點沮喪，「可是其他小朋友不乖……」

「嗯？」這時，幼稚園老師剛好看到了他，對他招手。

「辰逸爸爸，我們借一步說話。」

辰逸在他的叮囑下，又跑回去跟其他小朋友玩在一起，孩子們的嘻笑聲隱隱從教室窗戶縫隙鑽進，成為此時的背景聲。

「辰逸今天跟好幾個小朋友吵架了。」

「為什麼？」

「辰逸今天很堅持在男廁所看見一個老阿伯，其他小朋友都說他騙人，還笑他跟他媽媽一樣是瞎子，連清潔阿姨都會認錯成阿伯。」

這……

「我可以看一下那間廁所嗎？」

他有些失神地望著熟睡的孩子。

為什麼？為什麼偏偏領養到有陰陽眼的孩子，內境家族以外的陰陽眼很罕見，但偏偏被他領養到了！是純粹孩子的八字輕嗎？還是運勢低，還是……

「辰逸怎麼了嗎？」察覺到今天丈夫與兒子都異常沉默的阿秀走進小孩房，「他睡了嗎？」

「睡著了……」

阿秀本就眼盲，待在一旁也無妨。他輕輕摸著孩子的頭髮，溫柔地把他喚醒，然後把化形一點一滴撤掉。

「馬麻？爹地？」突然被吵醒的孩子睡眼惺忪望著撤掉化形的他，童言童語地說：「馬麻，為什麼爹地是綠色的？」

聽見兒子的答案，他不由得心酸。簡小姐的童年因為陰陽眼的關係過得極其痛苦，現在他兒子也要走上與簡小姐同一條路嗎？

「綠色？」對顏色沒有觀念的阿秀對孩子的反應甚是疑惑。雖然對阿秀很抱歉，但他還是只能利用她的缺陷。

「他在說我的衣服吧？」

他伸手蓋住孩子的眼睛，然後把化形套回身上。

「又沒有了……」辰逸嘟著小嘴，略帶難過地說：「我是不是眼睛不好，像馬麻一樣……？」

「沒有。」你是眼睛太好了……但是生活在一般社會中，他的兒子會被當成異類……

……就好像簡小姐一樣。他還是第七殿的倉管時，走過迴廊時就曾經見過三位殿主神情凝重地在討論事情。原本以為冥符跟內境之間又出現什麼摩擦了，偷偷湊過去才發現三位殿主是在苦惱人類乾妹妹被同學排擠的狀況一直無法改善。

怎料沒隔幾年，自己也有了類似的煩惱。他不禁能夠理解殿主們這麼保護簡小姐的心境……

他輕輕哼著歌，在古代歌謠的影響下，辰逸很快就闔上雙眼，又進入夢鄉。他為辰逸蓋上被子，卻赫然發現從小蓋到現在的小被子已經太短，被子要蓋過肩膀就會露出小腳。

時間過得真快啊……沒養一個活人小孩都不會發現時間的流逝，畢竟打從冥官死亡的那刻開始，時間就無法在他們身上留下痕跡。

他繼續撫摸辰逸的頭髮，並暗自在心中發誓。

我會保護你的，以他的真名起誓。

接下來，是該來找冥府的心理諮商師了。

這是元奕容第一次來找簡小姐，他有些緊張。先不說簡小姐那近乎霸道無理的諮商規則、還有全冥府皆畏懼的掃把，最主要的是簡小姐的助理是大名鼎鼎的宋昱軒前輩……

相信不只有他，全冥府一定都有相同的困惑：為什麼殿主指派的助理是宋昱軒？他們也知道宋昱軒執行保護任務必定萬無一失，但有需要順便去當助理嗎？這真的不會太……浪費人才嗎？

納悶歸納悶，但沒有任何一位冥官有膽量開口詢問，尤其是他們這些朝代更後面的小冥官。他們可不想再死一次。

所以預約諮商的時候，宋昱軒千交代萬交代不可以提到「冥官與內境的緊張關係」的事情，他先是認分地點頭，然後花一個禮拜包裝他的說辭，盡量讓簡小姐理解他的困擾……

……但他還是說溜了嘴。想當然耳，被瞞在鼓裡的簡小姐生氣了。

其實當下他更害怕的是宋昱軒，但宋昱軒那時候正忙著安撫簡小姐，他才得以逃過一劫。

……生氣的簡小姐的諮商到底該聽進去嗎？怎麼有很大一部分都是氣話的感覺？如果真要封眼的話，是否還得請董事長幫他介紹蔚大人？但宋昱軒的立場是不能封……

他也是頭一次見到宋昱軒如此慌張的模樣……不得不說那一幕就跟他前幾年安撫哭鬧的兒子差不多。

說來，剛剛宋昱軒匆忙塞進他手中的紙鐵鎚又屬於誰呢？裡面是有寫著主人的真名，但是冥官的真名是很珍貴的，是他們少數曾經生而為人的象徵，並不輕易告訴他人，他才不會去做偷窺這種沒禮貌的事情。

第二天晚上，他就知道那把紙鐵鎚召喚的是誰了。因為宋昱軒擅自把他的住處告訴了那位冥官，還自行讓那位冥官親自上來打招呼。

「奕容前輩你好，我是明廷深，為第九殿的行刑人。」

他當然知道這一位是誰，這一位正是在簡小姐住家引爆陰氣的白痴。他看到這傢伙就極度不爽。如果不是他的緣故，獵殺冥官的運動根本不會盛行起來，很多兄弟姊妹也不會就這樣死的不明不白了！

詠詩前輩……他少數熟識的孟婆就是這樣消散的。

「昱軒前輩讓我前來贖罪，保護你們一家。」

他真心誠意地回了三個字：

「給、我、滾。」

然後在他臉上甩上大門。

「阿容，外面是誰啊？」

「敲錯門的。阿秀，打掃家裡我來就好了，妳趕快休息——」

直接甩門依然太過失禮，這件事鬧得昱軒前輩親自出馬幫明廷深說話。但就算是堂堂「宋昱軒」親自來談，他還是禁止明廷深靠近他家人一步。

「我臥底內境已經五年，你這個行刑人出現在我家附近我反而會很困擾。紙鐵鎚我就留著了，緊急狀況自然會用。」

明廷深聽完後看起來超級難過，但這也是事實。一個化形修不好又過度強大還很蠢的行刑人在他家附近閒晃，只會增加被內境盯上的風險。在這種非常時刻就算是宋昱軒以他的安全為由拜託他也不願意接受。

倒是前輩的另外一個意見他聽進去了。

「早點讓孩子接觸冥官比較好。太晚接觸他們會對我們有恐懼。現在的電影或傳說形容我們的形象還是青面獠牙、牛頭馬面的那種，就算我們知道不是事實，但這就是人類對我們的既定印象。」講到這裡宋昱軒不禁搖頭感嘆，「佳芬太早接觸冥官了，再加上被人類排擠的童年使得她過度依賴與冥官的關係，這樣子其實很不健康。你兒子只有六歲，現在開始慢慢帶他認識冥官應該差不多。」

的確應該慢慢認識……要他直接跟兒子坦白自己是鬼怎麼想都不是個好主意，不僅會嚇到孩子，說不定還會連帶嚇到阿秀。更何況，孩子到現在都不知道自己是領養的。

他們夫妻是有打算大概孩子十歲的時候告訴辰逸他不是親生的，那麼揭曉自己是冥官的時間點就只能更晚。

「——奕容，元朝奕容。」

突然聽到宋昱軒這麼正式的稱呼他，他這才想起宋昱軒還沒離開，從思緒中趕快回神，「對不起，我——」

「你這樣真的還能繼續在內境當臥底嗎？」宋昱軒質疑道：「扯到家人就開始走神，無法專心維持偽裝很危險，不要忘記你還有家人。你想要因為自己的關係連累你老婆和小孩嗎？內境的手段你應該比我更清楚，你的家人只會死路一條，還會死得很慘。」

宋昱軒的話語十分嚴厲，但這就是血淋淋的事實。他也只能低著頭承認自己的錯誤。

「講到這個，你家殿主要我轉交這個。」

宋昱軒自交襟處取出信封，上面還有董事長的官印。

「殿主要你一週內收拾好，離開內境。」

「可是，我還有妻兒在人界——」

「是離開內境，不是叫你離開人界。」宋昱軒先是消除他的擔憂，再繼續說道：「這是為了你們的安全。」

他當著宋昱軒的面打開信封，細細閱讀裡面的文書。文書的內容加上董事長的遣詞用字都讓元奕容背脊發涼。

「情況那麼糟嗎？」

「內境即將進行掃蕩行動」、「所有冥官儘速回到冥府，殿主隨時可能關閉通道，逾時不候」……這類字眼他上次看到時，已經是內境與冥府大戰的那個年代了。

「很不好。」宋昱軒垂下眼簾，「你應該有聽說佳芬和詠詩前輩被攻擊的事了吧？」

「有……」詠詩前輩的消散讓許多冥官遺憾……與害怕。

就只是平常的走在路上，什麼也沒做，就被內境人士滅掉了……

雖然自己的化形是蔚大人認證的好，但有一天他的真實身分被發現，是否也會落得一樣的下場？

一定會的吧？

「那你應該也有聽說之後的事情吧？」

「有。」他點頭道。

一命償一命不是冥府奉行的作風，不過蔚大人不是冥官，所以當對方威脅到簡小姐時，蔚大人完全不會手下留情。人是沒死，只是失去了魔法與記憶，也跟廢人差不多了。

「所以趕快離開內境吧。能斷多乾淨就多乾淨，但是突然搬家太顯眼了……反正你臥底得很成功，應該很清楚知道怎樣才不會起疑。」

「我了解了，我回去處理。我不會留下任何疑點，昱軒前輩可以放心。」

「對不起，這麼臨時得讓你頂替我的位子……」

「不要緊啦！倒是組長你的身體還好嗎？治療師說你被怨魂襲擊的時候我們都嚇到了！」來探訪的謄寫間組員關心道。

「還好啦……經過我記不大清了，靈視力不見了倒是真的。」

「太可惜了……結果因為這樣子沒辦法繼續待在內境。」

「沒有靈視力，我連上班的大門口都看不到，是要怎麼上班……」他的語氣透出一絲可惜與無奈，這也成功讓來探望的下屬們露出憐憫的表情。看來是成功騙過去了。

「說不定也是好事！不然現在冥府好多可疑的動作，像組長這種沒魔法能力還沒有家族庇護的人，趕快離開內境或許才是好事。」

「最近冥府又怎麼了嗎？他們的小動作也太多了吧？」他問道，當然是以問八卦的方式去問。

他的下屬不疑有他，當然是全說了：「觀測師是沒看出個所以然，但是冥府的陰氣流動最近在晚間都會特別的密集以及激烈，數值相較以前的活動高上不少。」

那是因為冥府最近在辦武鬥大會……

「所以冥府他們在……？」他問道。雖然他已經自內境撤離，但在以前的下屬面前還是得謹記自己的人設。

「說是在辦運動會。他們傳信來叫我們忍耐一下，大概月底就會結束了。」他的下屬發出不屑的氣音，「真是笑死人了！死人辦什麼運動會啊！真當自己還活著嗎？」

「對啊，死人就該乖乖待在地底下，別上來增加我們的工作好嗎？」

元奕容也不是第一次聽到這類的言論了……已經聽到有時候還會跟著下屬起鬨喊上幾句。

「爹地？」後頭突然響起辰逸的聲音。轉頭一看，自家兒子剛午睡起床，睡眼惺忪地一手抱著小被單，另一手揉著眼睛，含糊地問：「他們是……？」

「是爹地的朋友喔！」他一把將辰逸攬到自己身邊，雙手習慣地自動幫衣衫不整的孩子整理衣服，至少在外人面前看起來體面一點。整理完後他讓半睡半醒的孩子轉向下屬們的方向，「見到客人要說什麼啊？」

辰逸半睡半醒的眼睛突然變得有神，富含朝氣地大喊：「歡迎光臨！」

「不是！那是對餐廳客人說的！」被辰逸一鬧，來探望的下屬全數笑得東倒西歪，一掃方才因為擔憂戰爭的沉重陰霾。

「組長，你兒子也太可愛了吧！」今天來探望的下屬當中唯一的女性——鄧玲芳蹲在孩子前面，「弟弟，你叫什麼名字啊？」

「我叫燕辰逸！」

「那你今年幾歲啊？」

「六歲！」

「你喜歡魔術嗎？姊姊變魔術給你看好嗎？」鄧玲芳把手掌放在辰逸面前，「看仔細了喔——」她的手掌握拳，再次張開的時候一團火焰在手掌中央隨風擺盪。這神奇的火焰看得辰逸雙眼發直。

……這根本就是魔法。所幸六歲還是很好騙的年紀，所以大夥兒並不多加阻止，任由鄧玲芳「變魔術」給小孩看。

「燕？是跟嫂子的姓嗎？」一向直來直往的蘇俊昇問出了在場所有人的疑惑。對此元奕容並不會多加避諱，小聲地說：「辰逸是領養的。這個名字不是我們取的，我們覺得好聽就保留也不再改了。」

「孩子都不會問喔？」

「現在只有六歲還很好騙。」六歲的小孩子也不會特別注意到姓氏與父母不同有什麼涵義就是了。

「組長，小心以後孩子會恨你喔！」

他望著玩到客廳另一端的孩子，只見另外兩個組員湊到鄧玲芳身邊一起玩小孩。他們都已經拿出墨水和符紙，讓孩子在一旁畫著玩。

希望墨水不要弄到整個屋子都是，不然他晚上就得拖地了。

「至少再大一點啦，六歲真的太小了——」他一邊看著孩子玩耍的狀況，一邊回話。沒等他多反駁幾句，一道強烈的火光倏地自辰逸手中竄出！在眾人驚駭之餘，作為父親的本能讓他將兒子拉進懷裡護住，只願化形出來的虛幻肉身能夠抵擋一些火焰，讓孩子少受點傷害……

火光的消失就如同它出現一般突然，只剩下地上還在燃燒的符紙證明剛剛的火焰存在過。

「辰逸，你還好嗎？有受傷嗎？」危機解除後，元奕容趕緊檢查懷中的兒子。所幸兒子看起來沒事，身上也沒有燒焦或燙傷的痕跡，只是孩子可能真的嚇壞了，一張嘴就嚎啕大哭，怎麼也安撫不住。還是蘇俊昇走上前，送孩子一個安眠的咒語，孩子才沉沉睡去。

他把孩子抱回睡房安頓好，走出睡房帶上房門之後，他才望著一室下屬，厲聲問道：「符咒是誰啟動的？」

可能因為他一向待人溫和，突然如此嚴厲的質問嚇得組員低下頭，不敢直視他的眼睛。

雖然說他們剛剛有合力還原差點被燒掉的屋子，但不代表自家組長會因此原諒他們差點傷到孩子的行為……

「我們……」鄧玲芳訕訕地說：「我們沒有啟動……」

「所以？」

「……我們認為是辰逸啟動的。」如果他們能夠用簡單的符咒觸發這麼大型的魔法的話，他們也不用待在謄寫間了。更何況，符咒就在孩子的手上啊！

雖然說給孩子描著危險的火符玩耍是他們的錯……但他們壓根沒想過符咒會燒起來啊！他們謄寫間都知道元奕容只有「眼睛」，沒有任何魔力或法力，整體來說就跟普通人無異，誰知道領養來的孩子就這麼剛好不只有法力，看那符咒的強度來看，孩子的法力還不弱！

只見元奕容沉默了一會兒，最後只淡淡說了一句：「你們先回去吧。」

他需要好好想一下接下來該怎麼辦。他把所有人送至門口，關上家門以前，蘇俊昇回頭，「組長，雖然說現在時機不大對，但是有件事需要現在跟你說……」

他惡狠狠地瞪著還不離開的下屬，臉上透著滿滿的不耐煩。

「就是……那個……內境稍早對冥府發動了突襲。幾乎所有符咒都用光了……所以如果可以的話，希望你也可以幫忙謄寫補足份量，在家做也沒關係……」

元奕容微微瞪大眼睛，蘇俊昇自動把這個面部表情解讀為組長對「在家上班」的無理要求感到震驚，尤其後續那個白眼更是完美表達組長的不滿與不甘願。

「謄寫的樣本和材料全部送過來我就做，記得給錢。」

「是……」至少得到回覆了，他可以有足夠的產能應付魔法師們需求的份量了。蘇俊昇心滿意足地離開元奕容的家門口。

門扉的另一面，元奕容立刻取出深藏在牆壁裡頭的流蘇，緊急聯絡冥府傳達這個消息。

「董事長，冥府——」

可惜已經太遲了，他都能聽見董事長的背景傳出爆炸聲和尖叫聲……

「——那群智障認為我們在軍事演習。」相較於背景的混亂，董事長的聲音異常的鎮定，還能順口關心道：「你那邊還好吧？」

「我這邊沒事。」

「那就好。顧好你自己，別給我消散了。必要時我們還是需要你再潛入內境，懂嗎？」

「了解。」他簡短的回答。雖然說他更想要詢問冥府的狀況，冥官們是否一切安好，但他發現自己問不出口。他一個小小的臥底是要怎樣向殿主詢問其他冥官的狀況，更何況現在僅僅只是開始——

「佳芬——！」流蘇連線的另一端，殿主突然發出驚呼，背景似乎也能聽見其他殿主呼喚簡小姐的叫喊聲。很快的連線斷開，流蘇不再發出任何聲音。

簡小姐……雖然不知道現場狀況，但他完全能感受到殿主們的慌張。

但願簡小姐沒事……可能因為一顆心都掛在冥府上，直到妻子出現在身後發出咳嗽聲，他才發現妻子站在身後。

「阿容？」

「阿秀，妳嚇到我了！妳什麼時候站在這裡的啊？」阿秀雖然眼睛有殘疾，但由於靈異體質的關係，總是能感覺到他的所在之處。

「剛剛？我五分鐘前才進門的。」盲眼的妻子溫柔地問道：「你剛剛在跟誰講電話呢？」

幸好妻子眼睛看不見……完全看不出他是對著流蘇而不是對著手機講話。

「一個朋友，他打來問我在這邊過得如何。」他回應道，多年的臥底經驗下來，他早就練就了強大的說謊技能。

「是嗎？」

露餡了嗎？剛剛他與董事長的談話內容到底被聽去了多少？如果元奕容還活著，他現在一定全身直冒冷汗。

「那你怎麼解釋燒焦的味道？」

「這個……」

「你是不是踏進廚房了！你又把廚房燒了是不是！」

原來是因為空氣中瀰漫的燒焦味在懷疑他嗎？既然有脫身的機會，他當然就順著妻子的思維說下去，「阿秀，我只是想幫妳煮個甜湯……」

「阿容，我都跟你說過不准踏進廚房了！」

與其關心遙遠冥府的狀況……他還是先安撫好自己的老婆再說。

但願冥府一切安好。

十七位冥官。

這是那次內境突襲武鬥大會時，消散的冥官總數。

雖說冥府反擊時並非沒有造成傷亡，但在傷人禁令和大忌的前提下，內境只死了兩個人。

冥府中已經開始出現報仇的聲音，只是都被殿主們壓下來了。但他隱隱能根據董事長的命令猜出現在殿主們的想法。

董事長給他的命令是：隨時待命。

「隨時待命」就意味著隨時還有需要他再潛入內境的時候，所以該做的人類偽裝和與內境的聯繫依然要繼續維持。前者不難，畢竟他有家庭，白天孩子去上學就在阿秀的店裡幫忙，晚上孩子下課就顧小孩，讓阿秀多休息一點。蘇俊昇送來謄寫材料的時候再順便探聽消息。

每每晚上妻兒都睡了，他才會拿出墨水和毛筆開始謄寫。雖然說可以藉口在練書法，或者幫別人寫書法糊弄過去，但他還是盡量不要讓妻兒接觸到內境的東西為好——尤其是他的兒子。所以他能夠謄寫的最好時機就只剩下孩子不在或者睡著之後。

另外一邊的人顯然也有類似的想法。

凌晨兩點，這純樸的沿海小村早就陷入沉睡。整排民宅只剩下元奕容的房間還亮著燈。

此時，有兩個人緩緩接近唯一亮燈的房子。

他們走到路口的時候元奕容就察覺到他們的存在了。他確認自己沒有可疑的地方，便在屋內靜待兩個內境人士敲門，然後開門——

「晚安，不好意思深夜打擾了。」雖然其中一人看起來不是東方人臉孔，但在翻譯魔法的運作下，三人還是能正常對話。其中一人先自我介紹：「我們是魔法師招募與育成中心，我是西河，他是葛萊恩。」

「是因為我兒子嗎？」聽見來人的單位，他馬上就知道對方的來意，不禁也放鬆許多。

「元先生知道實在太好了，這樣我們就能夠省下許多時間。」

「叫我奕容就可以了。」他邀請兩人進屋，並為他們準備了茶水，「十分抱歉，家裡平常沒有準備什麼喝的。你們喝茶嗎？」

「沒關係，我們不會打擾您太久。」西河也不多加客套，直接進入正題，「既然你知道你兒子有魔力，那你應該也知道我們接下來會怎麼做吧？」

元奕容送他們兩位一個歪頭殺，表示自己其實不清楚內境會怎樣處理兒子的狀況。

西河自動幫他上了解釋，「也是啦，其實流落在外的魔法血脈很稀少，你不清楚很正常。」他從口袋中取出一張傳單遞給元奕容，「簡而言之，我們會把小孩帶走——」

「我拒絕。」元奕容還沒等他們說完便嚴正地說：「辰逸是我的兒子，你們沒有任何理由可以帶走他。」

「奕容，你先聽我說完。」西河嘗試安撫道，再搬出之前的經驗與元奕容理性對話，「我們之前就有接觸過你兒子了。他的天分很高，如果好好訓練的話以後一定會有一番成就。而你自己本人沒有能夠教導他魔法的能力和資源，由內境接手他的魔法教育對孩子而言

最好。」

「這不代表你們可以帶走他！」他的聲量漸漸提高，但他還是得留意自己的情緒，以免不小心化形稍微鬆懈，偽裝就被識破了……

不過要帶走他的兒子，就算把之前討人厭的明廷深甚至是宋昱軒都找上來幫忙，他都要極力阻止。

「你可以當作兒子去上寄宿學校了。我們每個六日還是會允許學生回家的。」葛萊恩在一旁補充道：「孩子並不會離開你太久。而且你自己也是內境人士，想要的話隨時都可以來學校見孩子——」

「就算是這樣，我還是要拒絕。」不管是以冥官的立場，還是以為人父的立場，他都不覺得兒子在這個時候進入內境是好事，「現在內境和冥府的關係那麼緊張，我的兒子如果真接受了訓練，是不是就會被你們當作戰力？」

「就算是當作戰力，那也是未來的事。我們又不會派小孩上戰場——」

「之前我就有聽說最年輕的紀錄是十五歲。」

「——偶爾還是有一些特例。成年之前我們還是會尊重父母的決定。」

「那我更要拒絕了，誰知道我兒子會不會成為那個特例。」

雙方僵持不下，眼見即將破局。葛萊恩這時放下手中的茶杯，「奕容，現在冥府隨時都會攻擊我們。我們需要所有的戰力，就算不是現在派上場，未來內境也會需要你兒子的能力。」

……我們冥府隨時會攻擊內境，不就是因為內境先攻擊了冥府嗎？元奕容此時也只能讚嘆長年來內境的思維教育做得很好。葛萊恩完全沒有注意到元奕容抽動的嘴角，滔滔不絕地向他解釋為何冥府是敵人。

「死者本就不應該干涉生者，更不應該踏足人界。每次觀測到冥府有所異樣，或者冥官現身於人界就必定帶來大量的死亡。而且，這麼多年下來冥府根本有意在包庇冥官！就算我們有證據證明人是冥官殺的，冥府永遠都會拒絕交出殺人的冥官……」

只能說你們的證據太薄弱了……而且冥官有禁令再加上自身堅守的大忌在，傷人都不被允許了，更何況是取人性命呢？

「——而且冥府日益壯大，難保他們何時想要把他們的領土拓展到人界……」

不可能有這種事情，殿主們單單管理冥府那十八層地獄就很煩惱了，先不論不斷增加的受刑魂，等待輪迴的眾多新魂就讓殿主們夠頭痛了。他們又不可能加快流程或縮短受刑時間。殿主們雖然權力很大，但他們還是有世界規則需要遵循。

「——冥官也是個不應該存在的東西。我們內境近年的研究發現冥官之所以喜歡流連在人界，一部分是因為人類的生氣和怨氣可以作為力量的來源。如果是這樣，對應之前冥府的舉動，合理懷疑冥府殿主有意血洗人界，因為戰爭和災難才會製造更多的怨氣，藉此壯大自

己……」

等一下，這個研究是最近的吧？他怎麼就沒聽說過呢？你們的研究機構可以更專業一點，不要為了配合上層的政策釋出這些偏頗又奇怪還完全虛構的研究結果嗎？

長篇大論說了一堆，葛萊恩終於停下問他的想法，「如何？聽完我們的困境之後，是否覺得孩子更應該學習保護自己的技能？不然被冥官攻擊時你們就只能任由他們宰割。」

西河也望向他，期待他能給出一個答案。

「我……我考慮一下。」眼下如果再拒絕，這壺茶就會喝到早上了。他也需要跟殿主討論一下該怎麼做……或許因為夜色已深且是個重大決定，兩位內境人士並無強求他今天一定要給出答案。

在兩位內境人士起身離開之前，他問了今晚最後一個問題，「如果最後我還是拒絕了，辰逸會怎麼樣？」

他不斷回想著前幾天，與兩位來招募辰逸的內境人士的對話。

「如果孩子沒進入內境，我們就會把他的魔法封印，包含『眼睛』。」

以現在的局勢而言，這或許不是壞事。但是他更希望孩子能有保護自己的方式，尤其他有個冥官父親……

讓孩子進入內境不是一個好選擇，這點簡小姐也有相同的看法，只是簡小姐提出的解套方案實在不大適合。

在殿主的保護之下，簡小姐真的對內境和冥府的恩怨情仇毫無觀念。就是對現況無知才有辦法提出如此天真的方法。

倒是他在諮商過程差點就憶起生前造成陰氣暴漲了……現在內境與冥府的緊張局勢，稍有差池就會釀成遺憾……

他搖了搖頭，讓自己從眾多的煩心事回神，先把重心和注意力放在簡小姐被綁架身上。他抹去自己的氣息，躲在簡小姐被監禁的牢房唯一的窗口外，悄悄地觀察裡面的動靜。目前看起來簡小姐很安全，只是她好像正在努力想辦法自行說服內境人士放她與劉彥霓出去，甚至不惜拿出明廷深的情報作為誘餌。

簡小姐……為什麼當初殿主們沒有給簡小姐任何自衛的東西呢？雖然說她身邊長期有宋昱軒跟著，但那也是在她出意外經歷瀕死之後了。如果是重要的人就應該加強保護吧？還是說無知真的是最佳的保護傘呢？如果將殿主們保護簡小姐的模式套用在自己的兒子身上真的妥當嗎——

「佳芬姊現在還好嗎？」

一把年輕的嗓音突然出現在他的身側，著實把他嚇得不清。驚嚇過去之後，他的第一個

反應是嚇阻形式的攻擊，才發現自己連動都動不了。

「別緊張，我跟你們是同一邊的，至少在保護佳芬姊這點上。」體型龐大的男性張開手掌，完全相斥的白色火焰與冥官的墨色陰氣交織在一起，在他的手掌舞動著。

「你是——」元奕容瞪大眼睛，完全認出這道特別的火焰，差點就叫出對方長年的稱呼，只是被對方打斷。

「我現在叫魏蒼藍，懂嗎？」

「魏……蒼藍大人。」他不自然地說出陌生的稱呼，而對方顯然對這個稱呼沒有意見，一顆心都放在簡小姐身上。

「所以現在佳芬姊怎麼樣了？」

他如實報告：「簡小姐正在努力發揮自己的口才，看起來想要憑自己的口才離開地牢。」而且她看起來很沉浸在過程中，玩得十分開心。

「出得去才有鬼。從地牢到門口有一大堆人耶！我又不能太顯眼……」魏蒼藍大人瞥了一眼地牢入口，再看了他身上的深藍色長袍一眼，「我看你都把內境的制服穿出來了，殿主給你的指示原本是什麼？」

「董——我是說泰山王要我偷偷把簡小姐放了。」只是外面真的戒備森嚴，簡小姐眼前也一直有內境人士，他到現在都還沒找到能夠溜進去的空檔。

「那我去把門口那群看門狗引開。你就負責幫佳芬姊開門就好，開門了就儘速離開這裡，不要被看見了，懂嗎？」

「懂。」不被看見也是他努力想要達成的目標。原本只有自己一個人看起來難如登天，現在有了魏蒼藍大人協助怎麼想簡小姐都安全了，她離開地牢只是時間的問題。

魏蒼藍大人自身邊消失，不遠處守住地牢地板門的守衛發出此起彼落的尖叫聲與吆喝聲，然後自地板門裡又出現一群人，紛紛向林子的東邊追去。很快的，地牢四周只剩下簡小姐與她的學妹，還有那名很衰的內境人士。他的心態上還是太鬆懈了，完全低估了人質的實力，三兩下就被劉彥霓摔在地上，倒地不醒。

這是個好時機，可是他才剛站起身，就發現不遠處有人影晃動。

還有其他人嗎？

他先按兵不動，把自己藏得更深。他需要先確保自己不會被發現——

「砰！」

震耳欲聾的槍聲在樹林間迴響著，驚得許多鳥類振翅飛走棲息的樹枝，也把元奕容徹底嚇到了。

這聲槍響絕對會把林子裡的其他敵人吸引過來！元奕容立刻離開地牢通風窗邊，確保自己安全之後急忙掏出懷中的流蘇聯絡魏蒼藍大人。

「魏大人，簡小姐她——」

「她怎麼了？剛剛那槍聲是怎麼回事？」

「……簡小姐她開槍打了監視她的內境人士。」流蘇的另一端傳來一連串的髒話，但對方還沒罵完，漆黑的森林又是一聲槍響。然後是——

「簡小姐的氣息離開牢房了——」

「佳芬姊那個白痴……你去接應，我進去善後。」

他立刻照辦，所幸在簡小姐自己在林子亂闖之前找到了她與她的學妹。

原本他以為今天就這麼結束了，魏蒼藍大人也成功與他們會合，大夥兒就這樣鬆懈了下來……

當魏蒼藍大人被麻藥擊倒後，被一群內境人士用各式法器指住時，他才驚覺自己距離消散不遠了。

應該是人在附近所以順便來賺外快的西河馬上就認出他，對他嚷嚷道：「元奕容！你竟然協助俘虜逃脫——」

「你們抓了兩個平民！我可不記得我離開時內境是如此野蠻的所在！」他當下第一個能做的事情是合理化自己的行為，以說服他們自己的行為跟冥官毫無關係，全是自己氾濫的善良在作祟。

「她們怎麼可能是平民！看守的米凱爾都被放倒了，身上還有法術的痕跡——」

正當他以為還得跟內境爭論一陣子時，魏蒼藍大人醒來了。只能說不愧是魏大人，兩三句話就盡力撇清自己與他和簡小姐的關係，再用幾個法術把包圍他們的內境人士盡數放倒並修正記憶。

……說好的不能太顯眼呢？你不僅把人全數丟回內境分部的大廳，還託人捎話回家，這完全不是低調的做法吧？元奕容心中忍不住吐槽道。

魏蒼藍大概也知道此地不宜久留，拉上他們就想使用瞬間移動離開。

「等一下！」元奕容立刻打斷魏蒼藍的施法，魏蒼藍只不解地看著他半秒鐘，馬上就明白元奕容叫住他的原因。

漆黑的森林深處走出一大一小的兩個人影，而其中一個氣息更是近幾年與他朝夕相處，他不可能認錯——

「爹地……」

「辰逸！」見到自己的兒子被白晃晃的刀子抵住脖子，元奕容立刻衝向前想從對方手中奪回孩子，只是剛踏出一步，刀子立刻轉向，刀鋒精確地對準辰逸頸動脈的位子。

「全部人都不准動！」

這下還真的沒人敢動，甚至連大氣都不敢喘一下，只怕刀鋒一個不小心就劃破孩子嫩薄

的肌膚。

「葛萊恩，拜託了，孩子是無辜的……把他還我好嗎？」

「奕容，既然你都知道孩子是無辜的，那麼就不要再維護你身後有罪的人了。」身上握有人質的葛萊恩自認在談判上占上風，他將幾綑繩子丟到元奕容腳邊，冷冷地道：「你身後的那兩個女生還有那個胖子，全部綁起來帶到我前面。」

「等等，我哪裡有罪了，方便說明一下嗎？」

「簡小姐，妳可以先不要講話嗎……」孩子的性命在對方的手中啊……魏蒼藍似乎不覺得有差，還在一旁幫簡小姐解釋：「以內境現在的觀念，與冥府有聯繫便是有罪、通敵之類的吧？」

「誰准你們說話了！」刀子突然向上一劃，辰逸的臉蛋便多了一道怵目驚心的血痕，痛得孩子的尖叫聲迴盪在整個山林之中。

這下還真的沒人再有膽子說話。

葛萊恩再次命令道：「奕容，把他們全部綁起來，帶過來。」

他……他該怎麼辦？

一邊是殿主們拚死守護的乾妹妹和魏蒼藍大人，另一邊是自己的兒子……

他要怎麼選擇？

繩子是普通的繩子嗎？還是那種會禁止施法的束縛？如果用在魏蒼藍大人身上會有效果嗎？應該不會吧？魏蒼藍大人很強，區區一根繩子應該無法限制他。

他緩緩彎下身撿起地上的繩子，往魏蒼藍的方向移動。魏蒼藍也很乾脆地雙手放在背後，方便讓他綑綁約束……

「等一下，我改變主意了。」葛萊恩突然說道：「那個胖子對我沒什麼用。我要你身後的女生，清醒的那個。有了她，我就可以引誘那個矮個子冥官了。」

他的視線在簡小姐和自己的兒子之間徘徊著，遲遲拿不定主意。

簡小姐不僅僅只是殿主的乾妹妹，還握有許多冥府的知識和情報，如果落入內境手中只會對冥府不利，可是辰逸……

辰逸是他的兒子啊……

他握著繩子的雙手劇烈顫抖著，腳步緩緩往簡小姐的方向移動。

「奕容……」簡小姐的臉上盡是恐懼，可見就算簡小姐對內境是無知的，她也能夠猜出自己落入內境的下場。

「元奕容，你還記得你效忠的對象嗎？」

他效忠的……他效忠的當然是冥府啊！可是現在狀況有給他選擇嗎？他也不想背叛冥府啊！

魏蒼藍又說了：「那你總該記得我是誰吧？」

魏大人是……蔚大人是……

一個白色的結界瞬間啟動，幾乎是同時由白色火燄繪製的「定」字浮現在葛萊恩的額頭前。元奕容望著魏蒼藍的背影，他身周的白色火燄瞬間切換成黑色的氣流，強烈的氣流旋轉而上，凝聚成一枝細細的尖刺，直直刺穿被定在原地動彈不得的葛萊恩的腦門。

葛萊恩在被刺穿的瞬間雙眼即變得失焦，身體如同斷了線的人偶往後倒，抵住辰逸脖子的小刀亦隨之掉落在地。

「辰逸！」眼見孩子已經安全，元奕容立刻衝上前去將孩子緊緊摟在懷裡。受到驚嚇的辰逸在元奕容的懷裡一個勁兒地哭，講不出任何一句完整的話。

「他……他死了嗎？」簡小姐的聲音微微顫抖，顯然也被方才的景象嚇到了。

「還活著，只是被我消去了所有記憶和魔法……但佳芬姊妳不需要記得這些。」魏蒼藍語句剛落，簡小姐便癱倒在地沉沉睡去，想必也被消去這段記憶了。

「你也是。」魏蒼藍輕輕撫摸孩子的頭，孩子也慢慢癱軟在元奕容的懷裡。他熟練地將有點沉的孩子抱起，鄭重地向魏蒼藍鞠躬。

「真的很謝謝大人你的幫忙。」

魏蒼藍並無說什麼客套話，而是看著已然熟睡的孩子說：「佳芬姊要我收為徒弟的就是這個弟弟嗎？」

他愕然地點頭，不理解魏蒼藍此時提起這事的用意。魏蒼藍從他手中抱過小孩，「你得回去災難演習那邊吧？我先把他送回家，過後會再找你處理孩子的事情。」

還沒等他問清什麼事情，他眼前的景色便轉換成不同的樹林，不遠處有明亮的燈火，以及一群人手持著手電筒到處呼喊他的聲音。

「阿容！阿容！」

「阿容，聽到請回答——」

他迅速將內境的深藍色長袍換下，走出樹林對著搜索他的隊伍揮手，「我在這裡！」

「阿容！」一名男性急忙跑到他前面，「你到底去哪裡了？佳芬和彥霓都已經失蹤了，你可以不要也亂跑嗎！」

「啊哈哈，抱歉抱歉，我趁著沒光害出去看星星，走著走著就在林子裡迷路了……」為了讓自己的藉口顯得更真實，他還在後面補充道：「奇怪，我明明記得那個方向有一塊空地……」

直到第二天清晨，元奕容才回到家。

他戰戰兢兢地打開主臥室，確認妻兒都安然地躺在床上呼呼大睡，心中一塊大石頭也總

算放下。

幸好這次安然度過了……但如果還有下一次呢？如果不是因為簡小姐，他就不相信魏蒼藍大人會給予那麼多協助……

他拿起流蘇，走到房子離主臥室最遠的角落。

「董事長——」

「我們聽蔚說了。」泰山王的語氣不慍不火，但仍使得元奕容打了一個寒顫。「你想交出佳芬的時候到底在想什麼？」

「我……」他只能老實招了，「我只想要救回孩子——」

「你知道交出佳芬幾乎就等於交出整個冥府的情報嗎？不然你以為我們十殿殿主如此謹慎地保護她，僅僅是因為她是我們的乾妹妹嗎！」

他當然知道。面對泰山王突然的咆哮，元奕容不敢出聲，聽著流蘇另一頭似乎有其他殿主勸說他冷靜一點、生氣會傷身之類的話。

董事長冷靜下來後，再度開口道：「你意圖背叛冥府的罪責，判決已經下來了。」

這麼快嗎？他緊緊握著流蘇，視線望向躺著妻兒的主臥室。如果殿主們要立即將他召回冥府，今天就是他見到妻兒的最後一天……

他甚至無法與阿秀和辰逸道別。

「再潛入內境繼續臥底。戰事要開始了，我們需要所有的情報。」

元奕容不敢相信自己的耳朵，這個判決……

「——經歷這次的事件，你潛入的難度會比之前高上許多。蔚說他會儘量幫你，但我勸你不要太寄望他。他不是我們冥府的人，頂多算有共同敵人的盟友。」

——這個判決幾乎等於完全不追究。

「你想要繼續與你的家人團聚，就要當個完美的臥底。被內境發現你的真身，你們一家只有死路一條。再有任何背叛冥府的意圖，我們也會派人處理掉你，這樣有聽懂嗎？」

「有。」他回答道，心裡盡是對殿主們的感激。

收起流蘇後，他聽見身後有窸窸窣窣的聲音。

「阿容？你總算回來了。怎麼外送到那麼晚？」

他回頭把阿秀緊緊摟在懷裡，就算阿秀不斷詢問「發生什麼事了？」他也不願鬆手。

要保住家人唯一的方法，就只有不被發現。只有這樣他才能獲得冥府的保護和蔚大人的協助。

為此，他願意一直易容偽裝，臥底下去。

（【畫外】　易容　完）

冥官就業適性檢測

身為冥官，您一定在冥府度過了漫長的歲月吧？是否對現在的工作不再抱持當時的熱情，或單純想要換換環境嘗鮮看看呢？

在預約冥府心理諮商服務時，我們將給予一張冥官就業適性檢測，協助個案您先行了解自己，也讓冥府心理諮商師可以聚焦於諮商的方向協助您做出最好的選擇。

1.您喜歡挑戰。

A.是（請回答第2題）　B.否（請回答第3題）

2.您能夠將工作的情緒與自己的情緒明確地分開。

A.是（請回答第4題）　B.否（請回答第3題）

3.您喜歡規律，不喜歡有意外打亂自己的生活。

A.是（請回答第5題）　B.否（請回答第6題）

4.為了珍愛的人事物，您願意不惜一切守護。

A.是（武官類）　B.否（請回答第6題）

5.您對文字和數字特別敏感。

A.是（文官類）　B.否（請回答第7題）

6.您並不討厭與陌生人交際。

A.是（引領系）　B.否（請回答第5題）

7.對於交派的任務，您會盡力而為。

A.是（職人系）　B.否（請回答第8題）

8.您對於成天窩在住宅度日、無所事事的生活感到嚮往。

A.是（睡覺派）　B.否（摸索派）

武官類

例子：行刑人、近衛、守衛

您喜歡挑戰，更視挑戰為鬼生一大樂趣。您心中秉持一定的信念，足以支持您完成交代您的任何任務，甚至不計一切後果。對此，武官其實很適合您。雖然我知道文官要轉武官很難考，但不要在一開始就放棄了！努力考過之後，說不定能夠找到自己的另一片天空。

引領系：

例子：領路人、孟婆

喜歡挑戰可是不喜歡傷害人的感覺？那您可以考慮引領亡魂相關的職業。不要以為這種用嘴巴工作的職業輕鬆，一講錯話可是會導致怨魂產生的！什麼？你說你不喜歡傷人？那麼你就更應該加倍努力，練成不管是領路還是遞孟婆湯都達到百分之百的成功率！這就是你想要的挑戰！

文官類：

例子：行政、策劃、會計、史官

如果您成為冥官那麼久，還是無法習慣生命流逝與受刑魂的哀號聲，那您還是遠離會讓您不自在的地方當個文官吧！文官與人界的職業差別不大，但也是冥府運作中必要的一環。千萬不要因為自己是冥官就強迫自己做冥官的工作，把眼界放更大一點，您將會看到世間不一樣的樣貌。

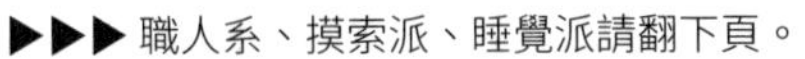
▶▶▶ 職人系、摸索派、睡覺派請翻下頁。

職人系：

例子：信使、工匠、修繕

您對於殿主交派的任務使命必達，但還是對文官那種成天窩在書桌上寫字計算的生活感到反感，那麼遠離書桌又不用拿劍的工作最適合您了！冥府也不可能憑空生出筆墨、武器、房子等這類民生用品，壞了總要有人修，沒了也需要有人製作。您用心鑽研一個領域下去，或許會發現不少有趣的事物喔！

摸索派：

您想要改變，卻對自己的興趣、專長、甚至存在的意義感到迷惘。這個沒關係，您有意願改變這顆心最重要，其餘的自我探索、職涯規劃我陪您一起煩惱。請您回家先想想自己對於未來期許，我們一步一步慢慢嘗試，直到尋得適合您的工作為止。

睡覺派：

請您拿著這張紙去找宋昱軒……我讓宋昱軒把你給砍了！那個選項長這樣你也敢選？你是皮在癢嗎？你只有軀殼是死的，但你的靈魂還活著啊！為什麼要任由時間白白流逝，無所事事每天在冥府待著是在等世界末日的那天嗎？給昱軒砍完了你也不要再來找我！有意願認真過生活的時候再來找宋昱軒預約！

附註：除了欠揍的睡覺派，其餘選項並不代表最終職業方向。正式心理諮商時我將與您一起思考什麼樣的工作最適合現在的您。

檢測製作人：冥府心理諮商師　簡佳芬

失控的AI－我在元宇宙被判死刑

官雨青(Peggy)/作者　Ooi Choon Liang/插畫

KadoKado百萬小說創作大賞・大賞得獎作品

天才醫師阿星的妻兒命喪惡火，他設計出妻兒的「亡者AI」，耽溺於虛擬世界。于珊是殯葬業大亨之女，卻被陷害揹負債務，企圖自殺時被阿星救下。在元宇宙有原配的阿星，與于珊之間產生情愫，哪一個世界的她，才是自己應該廝守的真愛？亡者AI協助于珊事業重生，卻也迫使她遭受死刑的威脅。

夏日計劃 1~2

Irene309 / 作者　梨月 / 插畫

KadoKado百萬小說創作大賞・戀愛小說組金賞得獎作品
穿梭於光明與黑暗，跨越時空的百合愛情物語——

天資聰穎卻不擅長表達感情的「機械使」陳晞，與活潑開朗、充滿謎團的「無能力者」林又夏偶然邂逅，在平凡的日常中，遇見一連串不平凡的事件。她們不計代價、賭上靈魂，一切只為了再次相遇——在命運的盡頭，迎接兩人的會是什麼樣的結局？

靈魂的羽毛 拉比的女兒(上)(下)

蕾蕾亞拿 / 作者　**蛇皮** / 插畫

KadoKado百萬小說創作大賞・輕小說組金賞作品
譜寫瀟灑傭兵與傲嬌騎士的冒險史詩——

女孩亞拿的拉比（師傅）是地下社會英武有名的傭兵，某日收到商會的委託，奪取神秘文獻——「麥祈的約定」。在接下委託的那一刻起，師徒倆便成為整座浮空文明的敵人，掌權者將傾盡一切力量對付她們。而這趟旅程，也將為亞拿的人生烙下難忘的印記。

旅行者（上）（下）

Div/作者 鸎鵡洲/插畫

《地獄》系列暢銷作家Div，突破自我的新境界網遊小說！

工程師阿海在戰略遊戲中正要打敗遊戲界最強傳奇C-team前，電腦莫名其妙當機了。電腦中竟潛伏著一名意外的「訪客」，而且她還是個女孩子。她說，她是一個智慧程式，一個種族，名叫「旅行者」。

阿海與網路精靈「旅行者」的冒險，正式展開——

推理什麼的不重要啦你要吃章魚燒嗎

夜透紫 / 作者　ALOKI / 插畫

解謎的關鍵居然在熱愛章魚燒的少女身上!?
面對離奇案件，身為一名偵探絕不能退縮！

馬歌真同學非常可愛——這是不容置疑的事實！名偵探世家的後人杜振邦如此認定。校園接連出現謎團，杜振邦認真且專業的推理，居然每次都被歌真這個大外行的胡說八道給狠狠打臉！但此時名偵探的親戚們開始調查歌真，懷疑她的祖先在百年前的超自然案件中，帶走了神祕的證物和真相。

作　　者＊雙慧
插　　畫＊肚臍毛

2024 年 1 月 25 日　初版第 1 刷發行

發 行 人＊台灣角川股份有限公司
總　　監＊呂慧君
編　　輯＊喬齊安
美術設計＊林慧玟
印　　務＊李明修（主任）、張加恩（主任）、張凱棋

台灣角川

發 行 所＊台灣角川股份有限公司
地　　址＊104 台北市中山區松江路 223 號 3 樓
電　　話＊（02）2515-3000
傳　　真＊（02）2515-0033
網　　址＊http://www.kadokawa.com.tw
劃撥帳戶＊台灣角川股份有限公司
劃撥帳號＊19487412
法律顧問＊有澤法律事務所
製　　版＊尚騰印刷事業有限公司
I S B N＊978-626-378-420-8

國家圖書館出版品預行編目資料

我在冥府當心理諮商師 / 雙慧作 . -- 初版 . --
臺北市 : 臺灣角川股份有限公司 , 2024.1-
冊 ;　公分

ISBN 978-626-378-420-8(平裝)

863.57　　112019587